微笑是岁月的影子

Our Love Will Stand

U0606813

图书在版编目(CIP)数据

微笑是岁月的影子／苗桂芳编著. -- 北京：北京联合
出版公司, 2014.7(2019.3 重印)

(最受读者喜爱的哲理美文)

ISBN 978 - 7 - 5502 - 3290 - 7

Ⅰ.①微… Ⅱ.①苗… Ⅲ.①散文集 - 中国 - 当代
Ⅳ.①I267

中国版本图书馆 CIP 数据核字(2014)第 158773 号

微笑是岁月的影子

编　　著：苗桂芳

选题策划：凤苑阁文化

责任编辑：崔保华

北京联合出版公司出版

(北京市西城区德外大街 83 号楼 9 层　100088)

天津海德伟业印务有限公司印刷　新华书店经销

字数 80 千字　710 毫米 × 1092 毫米　1/16　10 印张

2015 年 6 月第 2 版　2019 年 3 月第 3 次印刷

ISBN 978 - 7 - 5502 - 3290 - 7

定价:29.80 元

前　言

　　许多人为了领悟人生哲理费尽心机，殊不知一滴水里蕴藏着浩瀚的大海，一则短小的文章中蕴含着博大的智慧。一个故事可以影响人的一生，一则美文可以改变人的命运。

　　如果我们有足够的勇敢去爱，有足够的坚强去宽容，有足够的度量去为别人的快乐而高兴，有足够的睿智去理解充溢于我们身边的爱，那么我们便可得到前所未有的满足感。千万别珍藏什么东西去等待一个合适的机会，你活着的每一天都是一个机会，不论何时，生活应该是一种享受的过程，而不是等待。当一扇幸福之门关闭时，另一扇便会开启。可大多数时候，我们却因过久地凝望那扇紧闭的门，而忽视了另一扇早已敞开的大门。说出感谢不仅能让他人的世界更明媚，也会点亮你的生活。如果你觉得失落、不被关爱、不被欣赏，那就试着去接触他人，也许这正是你需要的一剂良药。

　　此套书收录的经典哲理美文，其内容涉及人生的方方面面，力争在给读者带来一种与众不同的视觉享受和想象空间的同时，也会给忙碌的现代人带来一个憩息心灵的家园。

目录

Contents

最受读者喜爱的哲理美文

微笑是岁月的影子

最受读者喜爱的哲理美文

破碎的美丽

Po Sui De Mei Li

有时候，我甚至相信只有破碎的东西才是美丽的。

我喜欢断树残枝、枯枝萎叶，喜欢旧寺锈钟、破门颓墙，喜欢庭院深深、一蓬秋草，喜欢石阶倾斜、玉栏折裂，喜欢云冷、星陨月缺、根竭茎衰、柳败花残，喜欢一个沉默的老人穿着褪色的衣裳走街串巷捡拾破烂，喜欢一个小女孩瘦弱的双肩背着花布块拼成的旧书包去上学。我甚至喜欢一个缺了口的啤酒瓶或一只被踩扁的易拉罐在地上默默地滚动，然后静止。每当我看到这些零星琐屑的人情事物时，我总是很专注地凝视着它们，直到把它们望到很远很远的境界中去。

我不知道自己是不是出于一种变态心理，但我确实深深地相信破碎的东西比完整的东西更为真实、更为深刻，虽然它是那么平常，那么清淡，那么落魄，甚至那么狼狈。它们从光艳十足无可挑剔的巅峰骤然落地或是慢慢地坠下，慢慢地沉淀，慢慢地变形，然后破碎，然后走进我的视线中，走到辉煌已假借给别人的今天。

微笑是岁月的影子

我不知道它们曾经怎样美丽过，所以我无法想象它们的美丽。也因此，我深深沉醉于这种不可想象、不可求源的美丽之中，挖掘着它们绚丽的往昔，然后，蓦然回首，将这两种生命形态拉至眼前，黯然泪下。这不可解释的一切蕴涵着多少难以诉说的风花雪月、悲欢离合，蕴涵着多少沧桑世事中永恒的感伤和无垠的苍凉啊！

破碎的事物就这样印满了重重叠叠的生命的影迹，那么沉厚，那么绰约，却那么美丽。

同样，很残忍的，我相信破碎的灵魂才最美丽。

我喜欢看人痛哭失声，喜欢听人狂声怒吼，喜欢人酒后失态吐出一些埋在心底发酵的往事，喜欢看一个单相思的人于心爱之人的新婚之夜在雨中持伞默立。我喜欢素日沉静安然的人喋喋不休地诉说苦难，一向喜悦满足的人忽然沮丧和失落，苍老的人忆起发黄的青春，孤傲的人忏悔错过的爱情。我喜欢明星失宠后凄然一笑，英雄暮年时忍痛回首，官场失意者独品清茶，红颜逝去的佳丽对镜哀思。我喜欢人们在最薄弱最不设防的时候挖出自己最疼的那一部分东西，然后颤抖，然后哭泣，然后让心灵流出血来。

每当这时候，哪怕我对眼前的人一无所知，我也一定会相信：这个人拥有一个曾经非常美好现在依然美好的灵魂，他经历的辛酸和苦难以及那些难以触怀的心事和情绪是他生命中最深的印记和最珍爱的储藏。只有等他破碎的时候，他才会放出这些幽居已久的鸽子，并且启窗露出自己最真实的容颜。我知道只要他的窗子曾经打开过——哪怕仅打开一秒钟，他就不会是一个老死的石屋了。

能够破碎的人，必定真正地活过。林黛玉的破碎，在于她有刻骨铭心的爱情；三毛的破碎，源于她历尽沧桑后一刹那的明彻和超脱；凡·高的破碎，是太阳用金黄的刀子让他在光明中不断剧痛；贝多芬的破碎，则是灵性至极的黑白键撞击生命的悲壮乐章。如果说那些平凡者的破碎泄露的是人性最纯最美的光点，那么这些优秀灵魂的破碎则如银色的礼花开满了我们头顶的天空。我们从中汲取了多少人生的梦想和真谛啊！

　　我不得不喜欢这些能把眼睛剜出血来的破碎的美丽，这些悲哀而持久的美丽。他们直接触动我心灵中最柔软的部分，让我随他们流泪、欢笑、叹息或者是沉默——那是一种多么令人心悸的快感啊！而此时，我知道，没有多少人能像我一样享受这种别致的幸福和欢乐，没有多少人知道这种破碎的美丽是如何细细密密地铺满我们门前的田野和草场，如同今夜细细密密的月光。

　　是谁说过：一朵花的美丽，就在于她的绽放。而绽放其实正是花心的破碎啊。

微笑是岁月的影子

柔和

Rou He

　　"柔和"这个词，细想起来挺有意思的。先说"和"字，由禾苗和口两部分组成，那含义大概就是有了生长着的禾苗，嘴里的食物就有了保障，人就该气定神闲、和和气气了。

　　这个规律，在农耕社会或许是颠扑不破的。那时只要人的温饱得到解决，其他的都好说。随着社会和科技的发达进步，人的较低层次需要得到满足之后，单靠手中的粮，就无法抚平激荡的灵魂了。中国有句俗话叫做"吃饱了撑的——没事找事"。可见胃充盈了之后，就有新的问题滋生，起码无法达到完全的心平气和。

　　再说"柔"这个字。通常想起它的时候，好像稀泥一摊，没什么筋骨的模样。但细琢磨，上半部是"矛"，下半部是"木"——一支木头削成的矛，看来还是蛮有力度和进攻性的。柔是褒义，比如柔韧、以柔克刚、刚柔相济、百炼钢化作绕指柔……都说明它和阳刚有着同样重要的美学和实践价值。

　　记得早年当医学生的时候，一天课上先生问道："大家想想，用酒精消毒的时候，什么浓度为好?"学生齐声回答："当然是越高越好啦!"先生说："错了。太高浓度的酒精，会使细菌的外壁在极短的时间内凝固，形成一道屏障，后续的酒精就再也杀不进去了，细菌在壁垒后面依然活着。最有效的浓度是把酒清的浓度调得柔和一些，润物无声地渗透进去，效果才佳。"

于是我第一次明白了，柔和有时比风暴更有力量。

柔和是一种品质与风格。它不是丧失原则，而是一种更高境界的坚守，一种不曾剑拔弩张、依旧扼守尊严的艺术。柔和是内在的原则和外在的弹性充满和谐的统一，柔和是虚怀若谷的谦逊啊。不信，你看看报上征婚广告尽是征性格柔和的伴侣。人们希望目光是柔和的，语调是柔和的，面庞的线条是柔和的，身体的张力是柔和的……

当我们轻轻念出"柔和"这个词的时候，你会觉得有一缕缕蓝色的温润，弥漫在唇舌之间。

有人追求柔和，以为那是速度和技巧的掌握。书刊上有不少教授柔和的小诀窍，比如怎样让嗓音柔和，手势柔和……我见了一个女孩

微笑是岁月的影子

子，为了使性情显得柔和，在手心用油笔写了大大的"慢"字，天天描一遍，掌总是蓝的，以致扬手时常吓人一跳，以为她练了邪门武功。她为自己规定每说一句话之前，在心中默数从1到10……但她除了让人感到木讷和喜怒无常外，与柔和不搭界。

一个人的心如若不柔和，所有对外的柔和形式的摹仿和操练，都是沙上楼阁。

看看天空和海洋吧。当它们最美丽和博大，最安宁和清洁的时候，它们是柔和的。

只有成长了自己的心，才会在不经意之间收获柔和：我们的声音柔和了，就更容易渗透到辽远的空间；我们的目光柔和了，就会更轻灵地卷起心扉的窗纱；我们的面庞柔和了，就会更流畅地传达温暖的诚意；我们的身体柔和了，就会更准确地表明与人平等的信念。

柔和，是力量的内敛和高度自信的宁馨儿。愿你一定在某一个清晨，感觉出柔和像云雾一般悄然袭身。

收获，潜伏在成本之中

世上本没有免费的午餐，若想获得什么，首先要学会付出。不劳而获是很困难的，几近于天方夜谭。但是，在付出的同时，不应该有太强的目的性，否则，不仅仅是在侮辱对方，也是在侮辱自己。我想，总有些东西是无价的，总有些事情是无偿的，总有些人是能够做到无怨无悔的。当然，这是人生的最高境界。

只有把付出看得比获得更重要、更快乐，才能够不计代价，并且摆脱成本与利益的换算公式。付出本身，已很使你满足了。所有额外获得的，都不过是副产品带来的意外的惊喜。

只有这样，你才能享受到真正的自由。甚至，只有这样，才可能获得更多。难道不是吗？假如你时刻计算人生的成本，那么，所谓的利润，也不可能超越你的想象。因为，你付出的一切都已变质了，已非最珍贵的东西。种瓜只能得瓜，种豆只能得豆。如果世间万事皆如此的话，就没有奇迹了。奇迹只会为奇人出现。

有一次跟诗人曲有源聊天，谈到一些文学青年在商业社会里不幸的命运（譬如节衣缩食自费出诗集，呕心沥血却一文不名），我感叹道："唉，看来诗歌害了不少人。"曲兄立即纠正我的观念："这是心甘情愿的事情，怎么能责怪诗歌呢？就像谈恋爱，最终分手了，也不该说白谈了一回，在这过程中，享受到多少心跳的感觉？"对于他来

微笑是岁月的影子

说，写诗，能过把瘾，就很知足，因而常乐。我肃然起敬，此乃情圣的境界，大诗人的境界。这样活一辈子，也很不错。

可惜，在目前这个时代，某些人在谈恋爱时，开始考虑成本的问题。送多少束鲜花、请吃多少次饭，才能追求到一个姑娘，生怕"超支"。假如没追到手，会有一种投资失败的感觉。

爱情，乃至友情、亲情，若是明码标价，那就绝对是赝品了。感动不了别人，更感动不了自己，活着有什么意思？

凡·高要是计算绘画的成本（譬如颜料与模特的价格、房租等等），就没有勇气选择那条艰难的创新之路，还不如改行搞搞工艺美术设计，替人画点儿商标、广告之类。可如此精打细算的后果是什么？世界上将多一个平庸的匠人，而少一位杰出的大师！凡·高若有商人的头脑，肯定画不出那纯粹为了燃烧而燃烧、毫无杂质的《向日葵》。正因为他生前远离名利，以殉道者的态度献身于艺术，其遗作才可能成为属于全人类的无价之宝。

靠一副小算盘，是无法成为伟大的艺术家的。你可以认定凡·高是

贫困潦倒的失败者，但你创造不出比之更为巨大的财富。凡·高并非赌徒，不是靠孤注一掷而成为人类文明史上屈指可数的精神富翁的。我觉得他在生前的创作中，就预支了凡人体会不到的幸福。真正的收获，潜伏在成本之中——更值得享受的是过程而非结果。

太过功利性，则体会不到过程之中属于审美范畴的乐趣，那是戴着镣铐跳舞，难免会把自己绊倒。

至少我，不愿做自己一生的账房先生。人生若只是一本计算收支的流水账，即使赚得再多，也不过是一些数字而已。人究竟是为了过程活着还是为了结果活着？我选择前者。

微笑是岁月的影子

人生如品茶

Ren Sheng Ru Pin Cha

　　品味人生，如同品茶。不同的人生阶段，对茶义的诠释也不尽然。

　　少年时，父亲爱茶，总喜欢把自己享受的感觉让女儿品尝。初识茶滋味，觉得很涩，还有淡淡的苦味。于是我在父亲戏谑的目光下赶紧漱口，喝糖水，还撒娇地捶了父亲一拳，认为喝茶就是"自讨苦吃"，从此，我对茶"敬而远之"。因为，那是个少年不识愁滋味的岁月，幸福着，快乐着，单纯的心如透明的水晶。

　　真正与茶结下不解之缘的是高中。那时学习很辛苦，晚上常常打瞌睡。一次父亲端来一杯浓茶，说可以提神。为了前途，顾不了那么多了，一杯茶，一饮而尽，苦涩的感觉浸透了我的灵魂。我想，当时我的神情一定很痛苦，不然，父亲不会捧腹大笑。接下来，困意真的逃走了，但是却换来一整夜的失眠，而且，还闹了很大的笑话，第二天，我竟然在课堂上睡着了，这是从来没有过的。也正是那时我才真正了解了失眠的痛苦，后来，就再也不敢很晚的时候喝那么浓的茶了。慢慢地，不觉得茶有那么苦涩了，慢慢地，茶成为我生活中不可缺少的一部分！

茶，曾经苦涩了我的少年，却清醒了我的青年时光，更重要的是淡化了中年岁月的艰辛！

烦恼时，她像老朋友一样，相惜相伴，无怨无悔，轻言细语，在我的心河上涓涓流淌，抚慰受伤的心灵；如快乐音符，如优美的旋律，调动你愉悦的神经，使你忘记惆怅；像淡雅的水墨画，让你的视觉展开遐想；如诗一般，叩开心扉，使心儿豁然开朗！

夜晚，捧一杯清茶，静静地坐在电脑前，轻轻地享受舒缓的音乐，悄悄地述说着心事，远离喧嚣与繁华，独坐一隅，享受着简单的快乐。孤单却不孤独，因为，心中有"老友"相伴。"相识满天下，知心能几人？"得一"知己"足矣！此时才真正理解明人徐渭描绘的一幅幅美妙的品茗图景："茶宜精舍，云林竹灶，幽人雅士，寒宵兀坐，松月下，花鸟间，清泉白，绿藓苍苔，素手汲泉，红妆扫雪，船头吹火，竹里飘烟。"

茶，可以平抚心境，可以启迪智慧，可以怡情修身。

手中有茶，耳畔可倾听丝竹之声，眼前可见幽篁松月，鼻中可闻天籁花香。心中有四季，梦里听清音。

一茶在手可品万物。品雨，品花，品诗，品画，品人生！茶意本菩提，真心品真意！

一缕香馨，缤纷了我的生活，陶冶了我的情操，净化了我的心灵，芬芳了我的人生！

微笑是岁月的影子

苦难 是一张微笑 的脸

Ku Nan Shi Yi Zhang Wei Xiao De Lian

他七岁那年，卧病在床三年的母亲便去世了。父亲每日拼死拼活地去山上扛石头，支撑这个摇摇欲坠的家。而他的弟弟刚四岁，天天哭着要妈妈，他便带着弟弟去山上玩儿，让弟弟于游戏中忘记妈妈。回到家里，他还要做饭，等父亲晚上回来，用温水给他洗被石头磨烂的肩膀。

12岁的时候，他毅然地放弃了读书，和父亲一起去山上扛石头，他小小的身躯在石头的重压下艰难地移动着，可他从不喊累，为了这个家，为了弟弟。弟弟此时已上小学了，成绩是乡里最好的，每天放学，他像哥哥当年那样把饭做好。

17岁的时候，由于他和父亲的辛苦劳作，家里的条件已经有了很大的好转，弟弟也去乡里读初中了。可是还没等他喘口气笑一笑，一场灾难便又降临了。父亲在扛石头下山时一脚踩空摔了下来，而那块上百斤的石头砸在了他的身上，还没送到医院便闭上了眼睛。刚刚露出了一点阳光的天空瞬间又是阴云密布，弟弟要辍学，他说什么也不让，对弟弟说："你好好读书吧，要不咱世世代代都要扛石头！"弟弟含泪回了学校。

19岁的时候，他被石头砸废了一只脚，从此再不能扛石头了。他便到了乡里，推着一个小板车捡破烂收破烂，靠这挣来的钱供弟弟上学。弟弟不负众望，那年秋天考上了县一中。他便随弟弟搬到了县城，由于腿脚不利索，加上城里收破烂的人多，一开始他根本挣不了几个钱，连房租都挣不回来。想出去找份工作，由于残疾根本没有人用他。后来他看见修鞋、掌鞋的收入不错，便买了一套工具自己摸索着干起来。由于努力，他的技术越来越好，加上他身有残疾，人们也同情他，都到他的鞋摊上修鞋。而他也朴实，有时小来小去的活儿便不要钱了，所以生意很好，除去房租和日常花销，供弟弟上学也有结余。

24岁那年，弟弟考上了省城的师范大学，收到录取通知书那天，他高兴得没有出鞋摊，破例和弟弟喝了酒，笑出了眼泪。他觉得生活终于露出了笑脸，自己的所有努力都得到了回报。可是就在去学校报到的前一天，弟弟出了车祸，从此只能生活在轮椅上了。

他一开始万念俱灰，觉得生活对自己太残酷、太不公平了。可后来一见弟弟颓废的样子，他便重又鼓起了勇气，他对弟弟说："别怕弟弟，我推你去上学！"于是兄弟二人又搬进了省城，他每天推着弟弟去学校，然后就在校门口摆修鞋摊。每隔两个小时去校内推弟弟上一次厕所，晚上再把弟弟推回在校外租住的小屋里。

这是发生在我身边的事。刚听说时我还不相信，认为就算生活再残酷，也不会把所有的苦难加在一个人身上。直到有一天我在省城师大门前见到了这兄弟俩，当时他正一拐一拐地一只手推着弟弟的轮椅，一手拉着身后的修鞋小车往回走。而在他们的脸上，并没有我想象中的愁苦神情，有的只是灿烂的笑容。

我问他："经历这么多的事，你怎么还能笑得出来呢？"他说："我原来也犯愁过，可是过后一想，就算我愁死也没有用，弟弟那时还小，所以我只能去面对这些了！"说完他笑了，那张穿越漫漫风尘的笑脸使我的心变得暖暖的。

　　人生总会有苦难，可又有谁能在苦难中露出笑脸？当我们穿越苦难回过头来看走过的路，才会觉得只有根植于挫折的人生才是最有意义的，才会品咂出一种用痛苦酿就的幸福。那从岁月深处漾出来的微笑，会扫尽你心底的阴霾，会像一盏明灯，照亮你前方所有遥远的路途。用一张微笑的脸去面对苦难，那么所有的苦难终会在岁月中绽放出最美的人生！

岁月的目光

Sui Yue De Mu Guang

　　岁月的目光，无时无刻不审视着这个世界上的每一个人。它能穿透一切峭岩高墙，能逾越一切湖海大川，也能剖视一切灵魂，不管你是高尚还是卑微。

　　只要活着，你就不可能是雕像，在原地一动不动。也许你正在气宇轩昂地阔步前行；也许你无奈地在原地徘徊；也许你不敢正视前方，瑟缩地一步步往后退却……

　　这一切，都无法躲避岁月的目光。

　　岁月把你的一切举动都看在眼里。它不会为你喝彩，不会为你叹息，更不会为你流泪，然而它会掠过你的心灵，使你领悟到时光对于你的意义。

　　心怀着远大目标阔步前行的人，总能和迎面而来的岁月目光相逢。这是闪电般的撞击。岁月用灿烂的目光凝视你，你用坦然的眼神回望它，有多少晶莹的火星，在这相互的凝望中飞扬闪烁。如果这世界曾笼罩黑暗，这样的目光交流，会照亮朦胧的夜空。前进的脚步声是多么美妙的音乐！只有行进中的人才能发现岁月赞叹的目光。

　　如果你在原地徘徊，岁月的目光也不会和你擦肩而过。只要你还醒着，哪怕你因为羞愧无法抬头，你也能看到，迎面逼过来的岁月，正用炯炯的眼神扫射你凌乱曲折的脚印……

　　如果你在颓丧中后退，岁月不会因此而停止了它的脚步。当岁月之河在你的身边哗哗流过时，你会发现，它的目光犹如针芒，刺灼着你的双脚。如果你还没有昏庸到神志不清，你会在它的刺灼中一跃而起。

是的，所有的人都会被岁月的流水淹没。而那些无愧于人生、无愧于岁月的人，会成为美丽的雕像，站立在岁月的河畔，岁月的目光将久久地抚摸他们，让后来的人们在它灼灼的凝视中欣赏他们，发现他们曾经把生命的火花燃烧得何等灿烂夺目。

抬起头来，朋友，迎着岁月的目光，脚踏实地向前走。让你的目光，在行进中和岁月交流。只要你向前走着，你一定会看到，在人生的旅途上，到处是目光和目光的交流，它们如霞飞电闪，辉映着生活，辉映着我们的世界。

心怀远大目标的人，岁月凝视你的目光也灿烂。对于拥有远大理想抱负的人来说，即将来临的一天永远是充满了希望，充满了惊奇，也充满了热情，可以期待，可以筹划，更可以行动。当然，岁月的目光将会如阳光般明媚。

在原地徘徊不前的人，岁月的目光也不会遗漏。的确，当一个人无所适从，找不到前进的方向，又不甘堕落的时候，很容易心慌意乱，却禁不住感叹自己又在蹉跎岁月。这样的人，岁月会用炯炯的眼神扫射你凌乱曲折的脚步，你会感觉到时间匆匆的脚步。

在颓丧中后退的人，岁月的目光更加凌厉。当一个人还没有越过沉沦的底线，还不致麻木，甚至已经麻木，但偶尔也会有片刻清醒时，在这间隙里，岁月的目光犹如针芒，刺灼着你的双脚，使得你可能会为自己的所作所为感到羞愧难当，为虚度年华默默悔恨。

长衫老者

Chang Shan Lao Zhe

　　我幼时，家对门有条胡同，又窄又长，九曲八折，望进去深邃莫测。隔街是店铺集中的闹市，过往行人都以为这胡同通向那边闹市，是条难得的近道，便一头扎进去，弯弯转转，直走到头，再一拐，迎面竟是一堵墙壁，墙内有户人家。原来这是条死胡同，好晦气！凡是走到这儿来的，都恨不得把这面堵得死死的墙踹倒！

　　怎么办？只有认倒霉，掉头走出来。可是这么一往一返，不但没抄了近道，反而白跑了长长一段冤枉路。正像俗话说的："贪便宜者必吃亏。"那时，只要看见一个人满脸丧气从胡同里走出来，哈，一准知道是撞上死胡同了！

　　走进这死胡同的，不仅仅是行人，还有一些小商小贩。为了省脚力，推车挑担串进来，这就热闹了，本来狭窄的道儿常常拥塞，车轴

微笑是岁月的影子

辘碰伤孩子的事也不时发生。没人打扫它，打扫也没用，整天土尘蓬蓬。人们气急时就叫："把胡同顶头那家房子扒了！"房子扒不了，只好忍耐，忍耐久了，渐渐习惯。就这样，乱乱哄哄，好像它天经地义就该如此。

一天，来了一位老者，个子矮小，干净爽利，一件灰布长衫，红颜白须，目光清朗，胳肢窝夹个小布包包，看样子像教书先生。他走进胡同，一直往里，可过不久就返回来。嘿，又是一个撞上死胡同的！

这位长衫老者却不同常人。他走出来时，面无懊丧，而是目光闪闪，似在思索，然后站在胡同口，向左右两边光秃秃的墙壁望了望，跟着蹲下身，打开那布包，包里面有铜墨盒、毛笔、书纸和一个圆圆的带盖的小饭盒。他取笔展纸，写了端端正正、清清楚楚四个大字：此路不通。又从小盒里捏出几颗饭粒，代作糨糊，把这张纸贴在胡同口的墙壁上，看了两眼便飘然而去。

咦，谁料到这张纸一出，立刻出现奇迹。过路人刚要抄近道扎进

胡同，一见纸上的字，就转身走掉；小商贩们即使不识字，见这里进出人少，疑惑是死胡同，自然不敢贸然进去。胡同立刻清静多了。过些日子，这纸条给风吹雨打，残破了，胡同里的住家便想到用一块板，依照这四个字写在上边，牢牢钉在墙上，这样就长久地保留下来了。

胡同自此大变样子。

它出现了从来没见过的情景：有人打扫，有人种花，有孩童玩耍，鸟雀也敢在地面上站一站。逢到一夜大雪过后，犹如一条蜿蜒洁白的带子，渐渐才给早起散步的老人们，踩上一串深深的雪窝窝。这些饱受市井喧器的人家，开始享受起幽居的静谧和安宁来了。

于是，我挺奇怪，本来这么简单的一举，为什么许多年里不曾有人想到？我因此愈加敬重那矮小、不知姓名、肯思索、更肯动手来做的长衫老者了。

微笑是岁月的影子

感恩

Gan En

那是在洛杉矶的一家旅馆。早晨，我在大堂的餐厅里就餐时，发现自己的右前方有三个黑人孩子，在餐桌上埋头写着什么。在就餐的时间、就餐的地方，这三个孩子却没做与吃饭有关的事。我难以按捺心中的好奇，试探着走了过去。在这些孩子的应允下，我坐在了他们旁边。看到我这样一个肤色不同的外国人到来，他们没有一丝扭捏，而是落落大方地和我谈了起来。这三个孩子中一个约摸十二三岁戴眼镜的男孩是老大，女孩八九岁是老二，另外一个小男孩五六岁是老三。从谈话中我了解到他们和母亲是暂时住在这家酒店里的，因为他们正在搬家，新房还未安顿好。

当问他们在做什么时，老大回答说正在写感谢信。他一副理所当然的神情让我满脸疑惑。这三个小孩一大早起来写感谢信，我愣了一阵后追问道："写给谁的？""给妈妈。"我心中的疑团一个未解一个又生。"为什么？"我又问道。"我们每天都写，这是我们每日必做的功课。"孩子回答道。哪有每天都写感谢信的，真是不可思议！我凑过去看了一眼他们每人手下的那沓纸。老大在纸上写了八九行字，妹妹写了五六行，小弟弟只写了两三行。再细看其中的内容，却是诸如

"路边的野花开得真漂亮"，"昨天吃的比萨饼很香"，"昨天妈妈给我讲了一个很有意思的故事"之类的简单语句。我心头一震。原来他们写给妈妈的感谢信不是专门感谢妈妈给他们帮了多大的忙，而是记录下他们幼小心灵中感觉很幸福的一点一滴。他们还不知道什么叫大恩大德，只知道对于每一件美好的事物都应心存感激。他们感谢母亲辛勤的工作，感谢同伴热心的帮助，感谢兄弟姐妹之间的相互理解……他们对许多我们认为是理所当然的事都怀有一颗"感恩的心"。

其实，"感恩"不一定要感谢大恩大德，"感恩"可以是一种生活态度，一种善于发现美并欣赏美的道德情操。人生在世，不如意事十有八九。如果我们囿于这种"不如意"之中，终日惴惴不安，那生活就会索然无趣。相反，如果我们像这些孩子一样，拥有一颗"感恩"的心，善于发现事物的美好，感受平凡中的美丽，那我们就会以坦荡的心境、开阔的胸怀来应对生活中的酸甜苦辣，让原本平淡的生活焕发出迷人的光彩！

微笑是岁月的影子

天真

Tian Zhen

天真是人性纯度的一种标志。在成年人身上，即使偶露天真也非常可爱。天真并不诉诸于知识，大学或中专都不培养人的天真，或者说那里只消灭天真。天真只能是性情的流露。

"我醉欲眠聊且去"，能说出这种话的人唯有李白。如无赖童子，在李白眼里，世事无不美好又无不令人沮丧。这是诗人眼里的生活，但李白赤条条地皈依于美好。他当不上官且囊中缺乏银两，但口出无可置疑之句"天生我材必有用，千金散尽还复来"。李白的天才，毋宁说是十足的天真加上十足的才气。我们多么感谢李白不像绍兴师爷般老辣，也不似孔明那么擅逞谋略，不然文学史黯然矣。

人们说"天真无邪"，言天真一物无不洁之念，如孔子修订过的"郑声"一样。但人生岂能无邪？所谓无邪只是无知而已，像小孩子研泥为丸，放在小盒子里，自以为旷世珍物，所以天真只存在于小孩子身上。每个小孩子都是诗人与幽默家，都讲过妙语。小女鲍尔金娜三岁时，我携她在北陵的河边散步。河水平缓，偶涌浪花，鲍尔金娜惊奇大喊："小河在水里边。"小河——在——水里边，我想了许久。的确，小河若不在水里边，又在什么里边呢？倘若我们也肯于把小河看做是一位生灵的话。鲍尔金娜还讲过"小雨点是太阳公公的小兵"云云。这些话很有些意思，但证明不了她亦是李白。儿童的天真只由无邪而来，一被语文算术绕缠就无法天真了。可见知识是天真的大敌，因而一位有知识的成年人还保持天真，无异于奇迹。谁也不能说爱因斯坦无知，但他天真，拒绝以色列总统的职务，说自己"只适合于从事与物理学有关的事情"。这种天真，事实上是一种诚实。诚实最接近于天真。齐白石90岁的时候，翻出自己70岁的画稿阅读，说："我年轻时画得多好！"人们对此不禁要微笑，70岁还叫做年轻吗？况且他说自己"画得多好"！对九旬老者，70岁只能说是年轻，白石老人多么诚实，又多么天真。在他的作品中，有一幅《他目相呼》，画面上两只小鸡雏各噙蚯蚓一端怒扯。没有童心，谁能画出这样纯净的作品呢？

艺术家的敌人，不外自身而已。自身在浊世中历练的巧慧、诡黠、熟练等等无一不是艺术创作的阻碍。若克服这种种的"俗"，几乎是不可能的，因为你不可能一边争官赚钱，又一边保持天真。老天爷不肯把这么多的能力都赋予一个人。国画家从古到今，反复喃喃"师造化"，所师者不外是一股浑然自在的气势。

天真的本性最真。倘若假，可称之表演，与天真无关。一个人原本不必天真，成熟稳练未尝不好，可应付无穷险恶。但最使人难堪的，是一种伪装的天真，它与官场上伪装的老辣同样令人作呕。有的演员在观众前制造憨态，仿佛比处女还要处女，以惹人珍怜。猴子学着熊猫样子翻跟斗，还是猴子，因为太敏捷了。倘若慢慢翻，又显得可疑。只有熊猫翻跟头才憨，因为它既痴又笨。有的作家，喜欢在文章中絮叨自己怎样不懂爱情，一副泪眼盈盈的样子。这种"不懂爱情"，无异于劝别人相信从染缸中掇出一匹白布。他们窃以为，"愚"就是"真"，但此技不仅不真，却露出了"真愚"。

天真之"真"，由"天"而出，即余光中先生说的"破空而来，绝尘而去"。它得凭天性，非关技巧。黄永玉先生在《永玉三记》中，说

微笑是岁月的影子

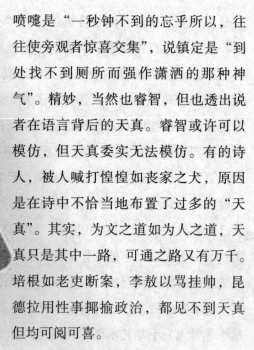

喷嚏是"一秒钟不到的忘乎所以，往往使旁观者惊喜交集"，说镇定是"到处找不到厕所而强作潇洒的那种神气"。精妙，当然也睿智，但也透出说者在语言背后的天真。睿智或许可以模仿，但天真委实无法模仿。有的诗人，被人喊打惶惶如丧家之犬，原因是在诗中不恰当地布置了过多的"天真"。其实，为文之道如为人之道，天真只是其中一路，可通之路又有万千。培根如老吏断案，李敖以骂挂帅，昆德拉用性事揶揄政治，都见不到天真但均可阅可喜。

天真有时是诗，有时睿智，有时幽默，有时也是洞见。

对于天真，最妙的回答是：一个孩子为"天真"一词造句，曰"今天真热"。

田垄上的 婴儿

Tian Long Shang De Ying Er

　　农事繁忙，母亲没法待在家里。分蘖后的禾苗将要抽穗，是最需营养的时候，而稗草却在田里兴风作浪，疯狂地争夺基肥。相对禾苗而言，稗草似乎是永远的掠夺者，娇嫩的禾苗如娇嫩的婴儿，急需母亲那双慧手去扶弱祛强。

　　母亲只能出去劳作，却不放心婴儿独自待在家里。在无人照看的家里，平常的器皿或家兽都将对婴儿的生命构成威胁。母亲寻来一块绑兜，将婴儿绑在背上，然后提着锄头出门。

　　到了田间，母亲才知婴儿经不起劳作时俯仰间的折腾，稍不留神，在母亲弯腰拔稗之时，婴儿就会顺着母亲的溜肩栽进水田。

　　母亲用锄头在田垄上刨了一个小洼，再刨些茅草铺在上面。母亲用手压压，柔柔软软的，母亲就笑了。母亲解下背上的婴儿放在洼中。田垄上一尺来高的野草，在婴儿的眼里就成了茂密的森林，婴儿很乐意生命中这种崭新的印象，他冲着草叶上闪闪亮亮的露珠直乐。

　　母亲又找来一些枝多叶阔的柯条插在洼的四周，给婴儿搭起一片凉荫，以阻挡渐渐升温的日头。

　　母亲开始放心劳作。好大一丘稻田，好旺一片稗草，远远望去，看见的只是稗草昂扬的头颅，温和敦厚的正主反倒委身稗草之下，畏

025

微笑是岁月的影子

畏缩缩地生长。今天母亲的任务就是"清理门户，重振朝纲"，以保证付出的劳动能换回一个丰收的秋季，以保证种瓜得瓜、种豆得豆的民谚能一茬一茬传下去。

同稗苗高过禾苗一样，稗根也比稻根要发达得多，稗根紧抱泥土，母亲拔出稗草就会拔出一个泥坑。这是个力气活，产后的母亲没有多少气力，所以她拔得很费劲。但母亲没有别的选择，消灭这丘田里的稗草已成了她这个晌午铁的任务。

母亲把稗草从禾苗中分辨出来，然后用双手紧紧抓住，双腿弓成马步，身子稍稍后仰，再突然发力，"啵"一声，稗草连根拔出。

半晌过后，婴儿第一声啼哭终于从田垄上嘹亮地响起，几只野雀扑棱棱惊飞。母亲眉心一颤，失魂落魄地赶到田垄，踏得泥水飞溅。但母亲发现，除了草叶上的露珠已被燥热的日头吞噬了外，婴儿周围的环境并没改变，也没有什么危险因素潜伏。婴儿啼哭，是他已厌烦四周久无变化的环境。母亲叹了一口气，她洗净手，逗了婴儿一会儿。但她才走开，婴儿又嘤咛哭起。母亲一狠心，没再理他。狠了心的母亲似乎增长了不少力气，拔稗的速度加快了。

"嘿！"那是母亲使劲时发出的声音；

"啵！"那是稗草从泥中拔出的声音；

"嗒！"那是母亲扬手甩稗，稗草落在田埂上的声音。

然而母亲乏匮的力气越来越不匀称了，母亲终于因用力过猛，一屁股跌在水田中。爬起来的母亲，顾不上自己的不适，急忙忙扶起被压坏的禾苗，嘴里发出些心疼的叹息声，仿佛压坏的不是禾苗，而是自己的孩子。

而这时婴儿的哭声变得急剧起来，不再是哭一声停一下的那种，但母亲已无法回头，浑身的泥水已没有可供婴儿偎依的地方。何况悬空的日头已渐烈渐毒，悬空的日头已不允许母亲作无谓的逗停，婴儿这时需要的是回到厚瓦重木之下的家中，需要的是捧着母亲多汁的乳房吮吸。母亲只有尽快将稻田里的稗草清除出去，才可能满足婴儿的意愿。

母亲的判断是对的。柯条所遮构的薄荫已挡不住日头下渗的热力，婴儿满头大汗，哭是婴儿唯一的武器，哭声犹如一支支射出去的利箭，全都戳在母亲心头，对稗草和日头毫无作用，稗草依然挡住了他们回家的路。日头在继续恶化他们的存在空间。哭只能加快婴儿体内能量和水分的消耗，饥饿也因此入侵婴儿脆弱的身体。

母亲的判断也是错的。母亲只知道白天的田垄极少有长蛇溜窜，即使有，也会被婴儿裂人心魂的哭声吓跑。但母亲忽略了两种小动物——牛虻和蚂蚁，就像忽略了自己双腿上吸血的蚂蟥。相对饥饿和热窒息而言，牛虻和蚂蚁这时是婴儿最大的敌人。小洼周围开始并没有牛虻和蚂蚁，是婴儿特有的体味引来了它们。牛虻六七八个在攻婴儿的上侧，蚂蚁数十上百在攻婴儿的下侧。它们选择的都是婴儿身体最柔弱的部分，也是婴儿的要害部位，譬如眼睛，又譬如阴囊。每叮一下，每咬一口，婴儿都痛得连心。婴儿在拼命地哭，拼命地舞手，拼命地蹬足。婴儿像热锅里的一条泥鳅，像火炭之上的一个黑奴！

母亲忍着被哭声扎碎的心，忍着夺眶而出的眼泪，母亲铁青着脸，一副誓死力拼的样子。母亲弯腰拔稗，直身甩稗，母亲的身影在稻禾和稗草间隐隐闪闪。一声声暗哼、一瓣瓣汗珠让千重万重的禾叶都为之微微闪颤。这时的母亲不再是除奸匡正的强者，而是误入敌群的困者。所有稗草都在她面前张牙舞爪，困阻她回家的脚步。这时的母亲只求能杀出重围，再去解婴儿之困。用力过猛的母亲一次次跌倒，又一次次爬起。母亲在心疼婴孩，又在心疼禾苗，披头散发的母亲神志有些混乱，精神有些恍惚。

烈日之下，村庄之外，田野之中，一场无声的混战就这样惊心动魄地进行着。毒日和稗草是母亲和婴儿共同的敌人。蚂蟥是母亲独自

微笑是岁月的影子

的敌人，只是母亲尚不知道。蚂蚁和牛虻是婴儿独自的敌人，只是母亲也不知道。母亲和婴儿是心连心的亲人，但他们无法互通信息，共同作战。婴儿太弱小，他不懂作战方法，他射出的哭声，于敌人丝毫无损，却扎碎了自己战友的心。母亲太愚朴，她只知道出门后干完一件事再回家，这是村庄千百年来的约定俗成，就像某种生命基因已种植在她的血脉之中，母亲不懂变通。她不知道她本来可以带着婴儿逃离战场。

就这样，母亲拔呀拔呀，婴儿哭呀哭呀。

这是一场力量悬殊的战斗，这是一场接近生死的战斗。

但在每个夏季，村庄之外的田野都会演绎着同样的战斗。

不要担心战斗的结果，母亲是村庄祖祖辈辈的母亲，婴儿是村庄世世代代的婴儿。

只要村庄一茬一茬鲜活地延伸下来了，母亲和婴儿就不会在战争中最终失利。

杀出重围的母亲和婴儿虽然都已精疲力竭，但毕竟生命还在。吉祥的村庄会舔润他们乏倦的身子，夜露和星月会重新浇醒他们对日子的憧憬，而秋季报恩的稻谷会供给他们铁骨钢筋似的精气神。

村庄里的生命总会在星空下的梦夜返青。早晨起来，母亲和婴儿伸一下懒腰，就发现彼此又像夏雨后那一片片舒展自如的树叶。

农事依然繁忙。

故乡木棉红

Gu Xiang Mu Mian Hong

那一年，还是开始记事的时候，一个木棉花儿红的上午，父亲带着我们，坐上了离开老家的车。因为小，我无法体会奶奶满脸泪花的含义，更不会知道老家在离开了很久之后就会变成故乡，一个你日思夜想却再也回不去的地方。离开的那天的许多场景我已经无法清晰地记起，但那一抹红就那么轻易地染入了我的身躯、我的血液里，随我的心跳澎湃着——就在车子转弯出村口的时候，我回头，村头那盛开的木棉花红彤彤地扑进了我双眼，我人生第一次觉得木棉花是那么的鲜艳、那么的美！也许就是这么一个不经意的回头，故乡的木棉花在我的心坎上烙下了一个印，成了我的寄托，让我在漂泊了许多年后，依然无法抹去这故乡的红……

而今，又是一个阳光明媚的春天，那阡陌纵横间，火红的一片，该是一棵棵的木棉树。枝丫红，报春来！这样的时候，我的童年就雀跃在一棵棵的木棉树上，削一段竹子，爬上木棉树，享受着木棉花蜜的香甜。它甜得是那么的纯，犹如故乡清澈的天空，没有一丝的瑕疵、一丝的杂念，让我在阴郁、彷徨中多了一份寄托和笑容；它香得是那么的真，就似故乡潺潺的小溪，管他沧海桑田、地老天荒，点点滴滴滋润着大地母亲、父老乡亲，让我在困苦、失望中学会了坚强和执着。也是这样的时候，我的童年就奔跑在一棵棵的木棉树下，拖着一个袋子，捡着那些落下的木棉花。将花儿晒干，换成钱，换成文具、习字簿、一颗颗的玻璃球，换来了妈妈欣慰的微笑。我更读懂了，妈妈的微笑不是因为那些钱，而是我已经在高大的木棉树下长高长大了……

可是你也许不知道，故乡的那些木棉树，不到花期的时候就那么的不起眼，木讷地挺拔在田间地头，没有漂亮的外表，没有让人一提就肃然起敬的名字，枝丫也够不上多么的苍劲有力呼啸天空。但它以它独特的方式存在于属于它的土地上，我喜欢它朴素的情感，是因为每每想起它时，就如同我那倚立在村口的老母亲，望尽秋冬盼儿归，仅仅为了一个春天，为了一个花开的时间，为了能第一时间看见我的归来，它那么的理所当然，只待春风来，不需绿叶衬托，就红花满枝丫，伴着母亲儿时哼的歌睡进我的梦乡……

那些木棉花呀，更不因无人而不芳。它们热情地绽放在田野上，晴空下，红了一地的春。即使是凋谢，也不会如那些多姿多彩的名花名草，一片一片地随风四处纷飞，更不会成为黛玉姐姐葬花的主角。它一朵朵、一朵朵地落下，肥沃足下的土地，染红了通往山外的小路……就是这样的小路，一条一条的从木棉树下通过，再跃过一条条山沟。多少游子，在这样的二月，木棉花开时回头，望见的不再是家乡那一间间矮小的草屋在夕阳下缥缈着丝丝的炊烟，那一棵棵木棉树可以告诉你，这里已经不再贫穷，日子已经如木棉花一样，火红火红的，如同那一面飘扬在村口的五星红旗。你更无法想象，在那么刚毅的躯干上，竟然盛开出让人震撼的娇艳的花，在天地间肆无忌惮地绽放着，那该是多么高尚的情怀、眷恋的情结，才能让它在满山遍野的春天释放着它的柔情，美丽着这一片属于它的土地……

　　曾几时，春去秋来的轮回间，木棉树由红变绿变白，依然坚贞地守候着每一盏煤油灯下那老母亲的丝丝牵挂，依然孤独寂寞地守望着山那边的夕阳，就为了温暖每一个满脸疲惫迟归的旅人；多少风雨，几多秋霜，你的血肉化成的温热，刻录了祖先整整几世的轮回；无数的夜里，无尽的情话，在你的花前、在你的叶下又泪湿了多少的爱情，却总不能如愿，好像多情的鸟儿，一吻，一惊，就飞得无踪影，无处寻。你叹息，空留惆怅在花间，一夜白了头……在爱情里，你成就了一个永恒，成就了一夜的乡愁……

　　我在远方，很多的时候，时常会想起你的芳香，弥漫着我的心房，在喧嚣的城市中给我指引着故乡的方向。我总是记起你独有的花，不仅美丽，在花瓣里，还为我酝酿了甜蜜的童年。在离开你漂泊的岁月里，我越来越像一个匆匆的过客。我疲惫地回来，你为我黯伤，满枝的花苞竟也忘了开放；我悄然地离开，你默默地在路旁，话也不说，悄悄的。我看见了你伸出的手，梢处，几朵花儿红红的，如母亲泪湿了一夜的目光。阳光还是那么的温暖，一直照在我心上，车子飞离熟悉的地方，看你渐渐地消失在一个转弯里，又出现在下一个拐弯中，再次离开你，都忘了将你拥进怀里，告诉你，我多么希望能在你身边，永远像个孩童。我抬头，你就是我的天空；我雀跃，你就成了我的苍穹；我失败，你总是那么温柔；我成功，你是那么淡然……

　　一年又一年，我的血管里永远和你的春天一样，澎湃着相同的颜色，你染红了属于你的土地，也就染红了我，我喝下了你酿造了一冬的花蜜，你也就为我牵挂了一生……

　　你应该就是母亲呀，我故乡的木棉树！你用同样的乳汁哺育着满枝满丫的花蕊，不管它们是近在眼前还是远在最高的枝丫，你给它们同样的颜色；不论它们是朝东还是朝西，你从不放弃任何一个花骨朵，哪怕它一开始是那么的弱小。你更不会忘记了生养了你的大地，花朵

微笑是岁月的影子

毫不吝啬地化成片片春泥。你是那么的大爱无私，那么美丽的木棉花，你就那么轻易地放手松开，只为了温暖千千万万个梦乡……这就是母亲伟大的品质，而你，就是我，一个游子的母亲！

你更是爱人呀，我故土的木棉花！因为你从不浓妆艳抹，从你一开始决定要爱的那一天起，你只认准了一个颜色，一个属于你的颜色——红，就如同我爱你的心一样，永不变更；你是那么的坚贞不阿，多少的风吹雨淋，一直守候在初次相见的地方，在那些孤独等待的日子里，你无怨无悔，用你的身躯，荫护着爱人的誓言，不弃不离；你是那么的温柔如水，清风吹拂你会翩翩起舞，蝶儿纷飞你也会绯红含羞，阳春三月你还会梳洗换衣……我爱你，不是因为你的根已化成了我的经络、我的血液，而是你的含情脉脉，你的浓情依依！

你更应该是我的兄弟，我的姐妹，我的朋友！我向你索取，你慷慨大方；我向你倾诉，你娓娓道来；我爬上你的身躯，你给我力量；我跃上你的枝头，你给我方向；而每当我想起了你，你，更是给了我一个故乡……

木棉花，你红了我的故乡，你美了我的思想，你爱我如海洋，我想告诉你，即使在流浪，我都不会忘记为你歌唱，不会忘记为你飞翔，更不会忘记你永远是我回家的方向……

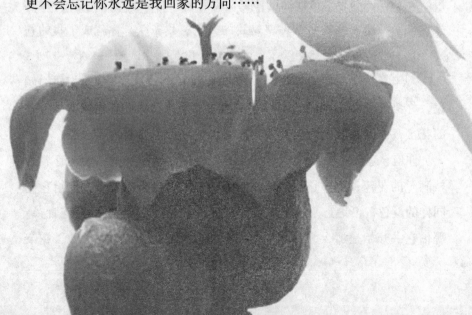

感动
是一种养分
Gan Dong Shi Yi Zhong Yang Fen

常常有一些无法言说的感动。

譬如看见果实坠地，从一棵树的手腕上，一枚青涩的苹果或一只熟透的蜜桃，冷不丁地跳到地上，在尘土中灼下一道轻痕，打下一个水印，或者连一点儿蛛丝马迹也不曾留下，可就在这一瞬间，它已经深深地感动了我。

譬如看见一只小鸟，在我的窗台上跳跃顾盼，抖动漂亮的羽毛冲着我叫了那么一声，甚至只有半声，尔后又匆匆飞走。譬如看见一个朋友久违的眼神和手势，看见一颗滚动在草叶上的露珠被风摔碎之前的最后一次闪耀，看见一群蚂蚁抬着一只蜜蜂在大地上缓缓行进时所表现出的那种小心谨慎与肃穆庄严……总之，感动我的有时是一种声音，一种复杂的隐喻了生命幻象的声音；有时是一种色彩，一种沉重的、负载了诸多情感信息的色彩；有时是一种状态，一种含蓄的、超越了明示话语的状态。也有的时候，感动我的竟是一种细微、寻常得极容易被人忽略的场景，正如一群蚂蚁抬着一只蜜蜂的残骸亦惨亦烈地向前移动，最终，它们几乎全部移进了我的内心，默化成一曲悲壮的挽歌和一场永久的仪式。

更有时候，感动我的仿佛什么也不是，也仅仅是事物的一粒元素而已。

微笑是岁月的影子

不知道为什么要感动。

但有一点是可以肯定的，若是没有感动，我想我就会于不痛不痒中丢弃自己。因为我知道，这个世界上连一朵花、一茎草、一湖水和一尾鱼，都那么持久地拥有着令人感动的特质。所有的生命几乎都离不开感动。如果对美视而不见，对春天也无动于衷，那么还有什么理由在美和春天之间迈动双脚？

想一想，一朵花因为什么而鲜艳妩媚，一茎草因为什么而摇曳多姿，一湖水因为什么而清波荡漾，一尾鱼因为什么而跃出河面？

许多时候，我就是这样不可抗拒地被一些极小的事物感动着，被极小的感动润泽着。只是，我好像从来没有留心将每一次感动的具体根由进行仔细的探究，一条一款地罗列起来，为诱发下一次感动埋好伏笔。我想，谁如果真这么愚蠢地对待感动的话，那他就不可能拥有更多的感动了。感动是不能提前准备的，如同做梦一样，因此也没有必要在事后对它做一番精彩的归纳、总结或者赏析。

常常被感动而充满激情的人是有福的。

我或许属于其中之一。故我想，感动是由于我深爱着世上一切美好的事物，甚至比别人更留意也更钟情于它们。而这些美好的事物也仿佛是我的朋友和亲人，也同样爱着、留意着、钟情着我。我们永远保持着那种和谐友善、亲密真挚的联系，保持着深层的感情交流、碰撞与沟通。彼此间相互提醒、暗示，相互期许、关怀和给予。每次小小的感动都会洗净我灵魂中某个小小的斑点和污渍，每一次深深的感动都有可能斩断我性情中某一段深深的劣根。

日复一日，年复一年，感动使

我的内心变得清洁、明亮、丰富而又宽敞，使我面对每一轮崭新的日出都能赢得一个全新的自我。

对于我，感动始终是一种崇高的养分，如同丰盈甘美的母乳；对于感动，我则始终都是一个受益不尽的吮吸者，吸着母乳的精华渐渐长高，长大，健康，强壮，享有智慧与激情。

因此我敢说，一个人，只要他还能感动，就不至于彻底丧失良知与天性。只要能感动，即使将你放在生活的最边缘，你也决不会轻易放弃做人的资格以及与生俱来的发言权。

微笑是岁月的影子

沉重的漂流

Chen Zhong De Piao Liu

在离虎跳峡不远的地方，我意外地看到了一个朴素的纪念馆——长江漂流纪念馆。

我屏着气踏进门，又屏着气看完所有的展品。

人们熟悉那种一般意义上的漂流：青山倒映，绿水长流，渔歌欢唱，竹排扁舟……这种漂流，很多人都经历过，很多人都乐意；这种漂流，是轻松的漂流，闲适的漂流，女性化的漂流。

而我此刻看到的漂流，却是险恶的漂流，沉重的漂流，完全属于男子汉的漂流。这种漂流的分量，你只有到虎跳峡旁边去才能掂量出来。那落差几十米的长江之水，挟着一股寒气，奔腾而来；它含着天的威势，山的力度，以冲决一切的勇气，滚滚东去；激流飞溅，白浪滔天，雾满峡谷，声震九霄……在这个地方漂流，轰轰烈烈，大起大落，大喜大悲。有人说，这才是真正意义上的漂流。

然而，这又是必须付出代价的漂流。男人们高昂起坚硬的头颅，向着急流和险滩挺进。有人在天与地的缝隙中，重新呼吸到了生命的空气；也有人在水和石的冲击下，永远沉入了另一个世界。生还的是英雄，而人们更愿意记起的，是那些死去的硬汉姓名：尧茂书、孔志毅、杨洪林……

我用凝滞的目光抚摩漂流者的照片。关于他们的漂流，一直是一个沉重的话题。一种声音说，这是盲目的冲撞，是无谓的牺牲，是狭隘的英雄主义；另一种声音说，任何时代都需要冒险精神，没有冒险精神的民族，是没有希望的民族。在这两种声音面前，我忘却了思索。我不知道哪一种声音是对的，我只觉得有关于此的全部呐喊，都是带血的。

不论世界怎样评判，此刻面对尧茂书他们的眼睛，我内心绝不敢轻薄。我扪心自问，我哪里有他们那样的勇气！不要说长江漂流、黄河漂流，就是在家乡的黄浦江上，我也未见得敢划一只小船，去与风浪搏斗。也许白天敢，黑夜就不敢；人多敢，独身就不敢。我想，世界上的人，本来就分英雄与敬仰英雄的两类，而我，虽身为男人，却只能属于敬仰英雄的那一类。

长江与黄河的漂流，在殉难者的名字刻下了一排之后，终于悲壮地沉寂下来。这些年，在浙江、在福建、在江西、在云南……我看到的漂流，都只是那种充满了诗情画意的清波荡舟。男的女的，穿得花花绿绿的，赤着脚，玩着水，还唱着情歌，咔嚓咔嚓揿着照相机，坐在小竹椅上，催船工把竹排划得快些再快些。稍微有点浪涌过来，打湿了裙子和裤子，他们就尖声叫起来，把笑声洒得一江都是。

然而，要论诗，只有尧茂书他们的漂流，才称得上是一首诗。那是一首英雄的诗，悲壮的诗，生与死搏斗的诗，人与天争锋的诗。在那首诗里，男人嘶哑的喉咙，呼喊的是征服自然的雄心。他们的一腔热血，染红了太过平淡的历史。纪念碑不会为轻歌曼舞、红男绿女而立，纪念碑只属于那些把生死置之度外的战士。

虎跳峡呼啸东去，纪念馆默默肃立。没有丝帛的轻，掂不出大山的重。在这里，大漂流的牺牲者口眼不闭。因而，只要站在江边侧耳谛听，你就会听到有一首无字的歌，震响天际，缭绕不息……

微笑是岁月的影子

最美丽的拱桥

Zui Mei Li De Gong Qiao

我获得参加省优秀桥梁建造师的评选资格。单位领导给我打来电话，要我准备好以往建造的桥梁图片材料，并选一座自己认为建得最好的桥参加评奖。

能得到这个机会，我心里很是激动，说句实话，真要是能得奖，名暂且不说，那笔奖金加上我平时的积蓄，说不定我就可以买套房子了。

20年的建造经验，桥梁我做过很多，什么现浇箱梁、变形箱梁、工梁、T梁等类型的我都建过。在老家我还做过一座拱桥呢！

桥梁的图片资料都好办，周末回一趟老家照几张拱桥的照片就全

部弄齐了，顺便还可以看一看81岁的老爸和75岁的老妈。至于最好的桥选哪座去参赛呢，我的心里始终有些犹豫。

周末，我乘上了回乡的汽车。本想和二老打个电话的，想着一身是病的老妈和腰也直不起的老爸，为了不给他们添麻烦，最终放弃了这个想法。

我的家乡在信江上游河畔，小时候出村口就是座仅40公分宽的木桥。

在我读初中的时候由于屁股长了个无名肿瘤，上学放学都是老爸背着。

记得有一次过桥，风吹落了我趴在老爸背上正在读的卷子，我出声大叫，弄得我和老爸一起摔下河。老爸的身体垫在我的下面，断断续续地告诉我："你要好好读书，长大了把家门口的这座桥改建成大桥。"

终于我如愿以偿地考进大学并学了桥梁专业。

那当口，老爸含辛茹苦，养了很多猪，后来成了专业户，赚了很

微笑是岁月的影子

多钱，在我已经会做桥的后来，他风风火火地把我叫回家，独自出钱建了现在的这座拱桥。

桥建好了，他也老了，从万元户过渡为清贫户似乎就是我建一座桥的时间。

再后来，村民们因为有了这座拱桥，和城里建立了更多的联系，家家户户都换上了楼房。

可老爸老妈依然住在当年养猪的大院里。

想起这些，我心里真还有些不平，当年的万元户做得起桥却盖不起房，以致现今万元户的儿子，做得来桥却买不起房呀！有一次曾开口向老爸谈起此事让我郁闷，长这么大可还真没见过老爸瞪如此之大的牛眼呢！

就在村口，就在那座拱桥头，我下了车，取出包里的相机进行拍照。

镜头里看见老爸拱得不能再拱的背以及他手里正在扫桥的扫把和走路的拐杖……

老爸本身就是一座桥，一座坚毅的拱桥，从他背上走过的不仅有我、我们兄妹，还有全村的村民。

镜头没有模糊，是我的眼睛模糊了；老爸在不停地抖，我手中的相机也在不停地抖……

我后来参赛的作品，看不见我建造的那座拱桥，我老爸背上的那座拱桥，倒是照得很清晰。

老爸，得不得奖儿子已不在意，在儿子心中，你的背不是驼而是座拱桥，一座最美丽的拱桥！

古渡

Gu Du

  这个古渡，已经不知道有多少年头了。在我曾经过往的日子里，它总是充满生机和喧哗，如同古渡的流水一样。

  那些日子，这条河上没有一座桥，靠一只木船来回渡河，终年无绝。古渡脚下的卵石，总是被那些肩头沉沉负重的农家人的草鞋磨得光亮。当船还未过来时，他们就坐在卵石上，抽着旱烟，聊着桑麻，或者说些七荤八素的话题，激起阵阵笑声。古渡是这些劳作者短暂的栖泊处，在这里他们可以坦然地放下重负，等待着对岸木船犁开涟漪，缓缓而来。撑船的壮实汉子无疑是最有人缘的，候船的人远远叫着他的小名，催他撑得快些。尤其是赶墟那天，大姑娘小媳妇多，满满地坐上一船，红红绿绿，总会让他心绪舒畅，撑得又快又稳，赢得阵阵惊叹和好评。这个时候，会让人感到生活的平和与灿烂，所有的劳累和苦涩，都似流水一般远去了。可是，有几次洪峰下来的时候，浊浪滚滚漫过堤坝，河面上飘浮着枯枝败叶，打着旋儿推搡向前，这时的古渡和渡船就难免出现惊险、慌乱的情景，尤其是暮归时分。

微笑是岁月的影子

古渡苍老，河水悠悠，连同这淳朴的生活悄悄流逝。

后来我离开了这里，由这条脱去油漆露出本色的木船送我到下游的一个渡口，不远处有一条公路，每日有车经过。

许多年以后途经这里，古渡犹在，人迹杳无，往日那些声响都已沉入岁月深处。肆无忌惮的葛藤遮盖了光滑的卵石，离这不远有一座彩虹般的水泥桥飞架。涨水时节，反倒有不少闲人站在桥上，看着洪波涌起、惊涛拍岸。那指指点点的从容神情，全然是欣赏的样子。最后的一只渡船，静静地泊在那里，船底已浸满了水，有一只长嘴巴的翠鸟立在船头，纹丝不动。一切都表明，一茬一茬的船工，结束了撑船岁月，已渐渐老去。

那一页的生活，已被翻了过去。

有多少像这样的生活场景封存在我们的记忆仓库里。一旦遇到时机，一抹颜色、一缕气味，都会使这些久远的记忆鲜明而又生动。古渡对于宽敞平坦的长桥来说，除了新旧之别和材料迥异以外，承载了不同的生存观念、生活理想。生活在日日向前，是以告别过去的方式、情调、趣味作为标志的。有许多过去极为普通的日用品，已经成为民俗博物馆的藏品。人们要使怀旧有个引子，只好到这些地方去。可是，对于没有以往那些生活经历的人而言，这些东西并没有什么精神价值，只是物质属性，看也罢，不看也罢，没有什么两样。有人曾说过，常常想起过去就意味着心态老了，不过，要感到有味的还真不能脱离怀旧呢！

过去的一切在我的心目中是很带有古朴韵味的。时代的进展，使我们所见到的都变得比以前漂亮和精细。残垣断壁的古宅换成了高楼大厦，长衫对襟也剪裁成了时髦短装，再如家居用具，葫芦瓢、蓑衣、木桶，无不换成了铝合金或塑料制品。变化最多的当属人的形象、人的神情。前不久我特地坐下来，再看一遍黑白影片《鸡毛信》。我并不注重海娃送信的艰辛过程，而是沉浸在那土得掉渣的陕北背景里——

那满是沟壑的黄土高坡、愣头愣脑的群羊，还有黑不溜秋的老棉袄。那时节，人的举止、表情，都是那么的朴素实在，拙得有味，土得深厚。这些情景，总是让人想起真实无华的泥土，没有一丁点儿文饰。后来，我又看了几部重拍片，黑白换成了彩色，演员队伍也换了另一拨，主要角色漂亮多了，动作也表演似的，眉宇间巧多于拙，那种能表现苦难、风霜的背景如风飘散。在我看来，拍出一些没有时代特征的片子来，仅让人眼睛看着，情感却无从附着。

　　向前的生活，必定以向前的状态展开，使人面向电脑，面向新奇繁杂的信息。可是，闲散下来，还是会感到传统的人格心理在变与不变、新与旧之间，有回味不变和陈旧的成分。那历史的神髓、底蕴亦如天地苍冥中来去的飞鸿，究竟难以付之提挈和把握了，只是常常泛起，成为一种最亲近和深沉的感怀。即便是很寻常的乡间古渡，也概莫能外。

微笑是岁月的影子

孤独的 普希金

来上海许多次，没有去岳阳路看过一次普希金的铜像。忙或懒，都是托词，只能说对普希金缺乏虔诚。似乎对比南京路、淮海路，这里可去可不去。

这次来上海，住在复兴中路，与岳阳路只一步之遥。推窗望去，普希金的铜像尽收眼底。大概是缘分，非让我在这个美好而难忘的季节与普希金相逢，心中便涌出许多普希金明丽的诗句，春水一般荡漾。

其实，大多上海人对他冷漠得很，匆匆忙忙从他身旁川流不息地上班、下班，看都不看他一眼，好像他不过是没有生命的雕像，与身旁的水泥电杆一样。提起他来，绝不会有决斗的刺激，甚至说不出他哪怕一句短短的诗。

普希金离人们太遥远了。于是，人们绕过他，到前面不远的静安寺买时髦的衣装，到旁边的教育会堂舞厅跳舞，到身后的水果摊、酒吧间捧几只时令水果或高脚酒杯……

当晚，我和朋友去拜谒普希金。天气很好，四月底的上海不冷不燥，夜风吹送着温馨，铜像四周竟然了无一人。月光如水，清冷地洒在普希金的头顶。由于石砌的底座过高，普希金的头像显得有些小而看不大清楚。我想更不会有痴情又耐心的人抬酸了脖颈，如我们一样仰视普希金那一双忧郁的眼神了。

教育会堂舞厅中正音乐四起，爵士鼓、打击乐响得惊心动魄。人们出出进进，偏偏没有人向普希金瞥一眼。

我很替普希金难过，我想起曾经去过的莫斯科阿尔巴特街的普希金故居。在普希金广场的普希金铜像旁，即便是飘飞着雪花或细雨的日子里，那里也会有人凭吊。那一年我去时正淅淅沥沥下着霏霏雨丝，故居前，铜像下，依然摆满鲜花，花朵上沾满雨珠宛若凄清的泪水，甚至有人在悄悄背诵着普希金的诗句，那诗句便也如同沾上雨珠无比温馨湿润，让人沉浸在一种远比现实美好的诗的意境之中。

而这一夜晚，没有雨丝、没有鲜花，普希金铜像下，只有我和朋友两人。普希金只属于我们。

第二天白天，我特意注意这里，除了几位老人打拳，几个小孩玩耍，没有人注意普希金。铜像孤零零地立在格外灿烂的阳光下。

朋友告诉我这尊塑像已是第三次塑造了。第一尊毁于日本侵略者的战火中，第二尊毁于我们自己的手中。莫斯科的普希金青铜塑像屹立在那里半个多世纪安然无恙，我们的普希金铜像却在短短时间之内连遭两次劫难。

在普希金铜像附近住着一位现今仍在世的老翻译家，一辈子专事翻译普希金、莱蒙托夫的诗作。在"文化

微笑是岁月的影子

大革命"中亲眼目睹普希金的铜像是如何被红卫兵用绳子拉倒，内心的震动不亚于一场地震。曾有人劝他搬家，避免触目伤怀，老人却一直坚持住在普希金的身旁，相看两不厌，度过他的残烛晚年。

老翻译家或许能给这尊孤独的普希金铜像些许安慰。许多人淡忘了许多往事，忘记当初是如何用自己的手将美好的事物毁坏掉，当然便不会珍惜美好的失而复得。年轻人早把那些悲惨的历史当成金庸或琼瑶的故事书，怎么会涌动老翻译家那般刻骨铭心的思绪？又有几人能如老翻译家那样理解普希金呢？过去只成了一页轻轻揭去的日历，眼前难以抵挡春日的诱惑，谁还愿意在凛冽风雪中洗涤自己的灵魂呢？

离开上海的那天上午，我邀上朋友再一次来到普希金的铜像旁。阳光很好，碎金子一般缀满普希金的脸庞。真好，这一次普希金不再孤独，身旁的石凳上正坐着一个外乡人。我为遇到知音而兴奋，跑过去一看，失望透顶。他手中拿着一个计算器正在算账，仔仔细细，很投入。大概是在大上海的疯狂采购有些入不敷出，他的额头渗出细细的汗珠。

我们又来到普希金像的正面，心一下子更被猫咬一般难受。石座底部刻有的"普希金（1799～1837）"字样中，偏偏"金"字被黄粉笔涂满。莫非只识得普希金中的"金"字吗？

我们静静地坐在普希金的石凳上，什么话也说不出来。阳光和微风在无声流泻。我们望着普希金，普希金也望着我们。

生命赋

Sheng Ming Fu

我常常在司空见惯的自然现象中，看到种种生命的奇观。

挺拔的巨树，葱茏的森林，绿色的草原，成熟的庄稼，盛开的鲜花，望着它们，或徜徉其中，那种洋溢着的博大生命力，常常催发我爆发出一种激情，在我周身漫布，升腾，飞越。

但是，有一些更细微更不显眼的现象，往往特别作用于我的心尖和神经末梢，引起我的一种轻微然而却是异常深刻的震颤。

早春，当冰尚未完全消融，万物尚未苏醒的时候，柳树的枝条还是铁灰色，可如小米粒般的新芽已经顶着严寒冒出来，它就是报春的最早的使者。万木争荣的自然之春就是从它开始的。

当枣芽发出不久，在播种过的棉花地里，可以看见棉芽冲破柔韧而疲软的壳子，一个个钻出地面，遍地都写着两个字——突破。

麦收过后，在麦茬地里新播种上的大豆，不几天工夫，从薄薄的透明的外衣中露出苗壮的一点胚芽，探头顶破地表，满地像是用五线谱写成的生命第一乐章。它预示着，也开始演奏着一部生命交响乐。活泼泼的胖乎乎的豆苗，无边际的宜人眼目的豆绿色波浪，成熟的金黄色的小山。

我害怕见花蕾。特别是那种已露出一点亮色、将要绽开的花蕾。我一见到它，就如醉如痴，它能一下子把我原来的思路打乱、斩断，重新引诱我不顾一切地去做生命瑰丽峰巅的想象，经过长久地默默不响地经营、吮吸、积累，所蓄积的全部精华、神采、光辉，就要在一刹那展现，这是怎样激动人心的时刻！恰如刚刚构思好一篇十分得意的文章，将要展纸挥笔的当口，也恰如一对初恋情人迷恋时的慌乱，我有时有一种喘不过气来的感觉。

面对花蕾，我的思路空前地奇特、活跃。有一次我竟然呼啦一下忆起了几年前的一场玩笑话。那是我和朋友在街头漫步，一群迎面而来的幼儿园小班的小朋友唧唧喳喳乱钻乱闹，我们被挤得无路可走。可我的那位朋友说，别急别气，说不定未来的共和国总理、部长、文坛巨星、科学泰斗就在这里。

真的，我不是为了写这篇文章而寻找比喻象征，我常常在花蕾前想起这位朋友有点幽默的预言。

我还有一个执拗的习惯——好在贫瘠的、荒凉的山间沙漠流连。岩间石缝中生长的斑痕累累千扭百弯的怪柏奇松，荒漠中的一株或一丛"沙打旺"或骆驼草，石板上的一片黄绿浅灰的苔藓，我都向它们注目。这些景象剥落了我热烈的情感，凸现出严峻的理性，我不是可怜它们，我是敬仰它们！

这是怎样坚忍不拔的生命追求！在极端恶劣的条件下，它们全都生长得很顽强，很自信，很精神！外在的温度、湿度、肥沃度等等条件，对它们都不重要，它们几乎全靠自己内在的生命力。如果条件再恶劣一点，别的葱茏的一切可能化为死亡的尘埃，而它们仍可能依然故我，生机盎然；如果条件好一点，那它们该是一副怎样的葱茂？

还有比生命现象更瑰丽更丰富的吗？

生命，就是开始，就是突破，就是希望，就是创造，就是追求。

有幸获得一次生命，那就让生命像那么回事地展示一下吧！

纪念册

Ji Nian Ce

　　九品文官克拉捷罗夫，一位极其精瘦的男人，向前迈出一大步，面对四品文官日梅霍夫说道："阁下，这些年来，由于您无微不至的关怀与英明领导，我们深受感动，特向您……"

　　"在您上任后的整整十年期间……"扎库辛提示说。

　　"在您上任后的整整十年期间，我们这些下级人员感受至深，获益匪浅，特在这个……对您来说……具有重大意义的日子里，把这本贴有我们照片的纪念册赠送给您，以表示我们对您的敬意和深深的感激之情，并祝您长寿，希望在今后的日子里仍能在您的带领下为国家做出贡献。"

　　"由于您在正义和进步的道路上给予我们慈父般的教诲……"扎库辛补充说，随即擦擦脑门上突然冒出来的冷汗，显然，他很想说话，而且显而易见，他已经准备好了一篇颂辞。"让您的旗帜在天才、劳动和社会自觉的领域内，永远高高地飘扬！"他最后总结道。

　　现在，大家可是清清楚楚地看到，在日梅霍夫那历经沧桑的脸上正流着两行泪水。"诸位先生们，"他用发颤的声音说，"我没有料到，我万万没有想到，我这个微不足道的周年纪念目，会受到你们如此热烈的祝贺……我很感动……甚至可以说……非常感动……我永远也不会忘记这个时刻，请你们相信……请你们相信我的话，朋友们，我比任何人都更加希望你们好，我……如果有对不起你们的地方，那也是为了你们好呀……"

于是，四品文官日梅霍夫跟九品文官克拉捷罗夫轻轻地互相吻脸颊并拥抱，以示对对方的感激。而这举动让克拉捷罗夫先生激动得难以自抑。接着，长官做了个手势，那意思是说他由于太激动，说不下去了。于是便失声痛哭起来，仿佛人们不是在向他赠送珍贵的纪念册，而是要把纪念册从他手里夺走似的……后来，他稍微平静下来，也许握手是现在最好的表达方法，而且他已经这样做了。他在众人兴高采烈的欢呼声中，走下台阶，坐上四轮轿式马车离开了。随着马车的一起一伏，刚才的一幕幕又袭上他的心头，并化成泪水，夺眶而出。

然而，我们的男主角先生并没有结束他的周年纪念日，回到家以后，他的家人、亲朋好友都热烈地欢迎他，向他鼓掌欢呼，以至他仿佛觉得，他果真为祖国做了许多好事，倘若不是由于他降生于世，祖国的情况说不定就会更糟。周年纪念日庆祝宴上，碰杯声、颂扬声不绝于耳，又是热烈的拥抱，又是激动的热泪。也许日梅霍夫先生从来没有想过自己会获得如此殊荣，也许永远不会忘记这一时刻。

"先生们，女士们！"在吃甜点心前他说，"今天我非常荣幸地接受了各位的称赞，但同时我又深刻地明白，在为国全心全意、不留余力工作的人中，我又是如何的不足为道。这么说吧，我们不是在为一种形式上或字面上的东西服务，而是在为一种天职服务。在我为国效劳的整个期间，我始终不渝地坚持这么一个原则：不是公众为了我们，而是我们为了公众。今天的一切证明我并没有做错，相反，我成功了，而这个成功是千千万万的人们给予我的，我手中的这个纪念册就是我成功的见证！"

此时的这本纪念册就如同金子一样闪闪发亮，吸引着大家的目光。

"真是一本很棒的册子，不是吗？"日梅霍夫的女儿奥利娅说，

微笑是岁月的影子

"我想，它大概能值五十个卢布吧。哦，真是太美观啦！爸爸，您把这本纪念册送给我吧。您听见了吗？我要把它珍藏起来……这么好的一本纪念册。"

午宴后奥利娅兴高采烈地回到自己的屋子，手里拿着那本纪念册。第二天，纪念册里换成了奥利娅的好朋友的相片，而那些官员的照片横七竖八躺在地上，显得那么无助。

科利亚，这位四品文官的儿子，则把那些官员的照片捡起来，用颜料把他们的衣服涂成红色。没有留小胡子的，他给他们画上绿色的小胡子，没有留大胡子的，他给他们画上棕黄色的大胡子。后来实在没地方可涂抹了，他便干脆把那些官员们从照片上剪下来，在他们的眼睛上钉上大头针，当做玩具士兵玩起游戏来。他把九品文官克拉捷罗夫剪下来，钉在一个空火柴盒上，然后举着它，走到书房里去找他的父亲。

"爸爸，您来看呀！这简直是一座纪念铜像！"

日梅霍夫哈哈大笑起来，摇晃着身子，然后带着满腔温情吻一下科利亚的小脸蛋，发出"叭"的一声响。

"好，去吧，小淘气，拿给你妈妈去看。让你妈妈也瞧瞧吧。"

读书琐忆

Du Shu Suo Yi

　　我自幼因先父与塾师管教至严，从启蒙开始，读书必正襟危坐，面前焚一炷香，眼观鼻，鼻观心，苦读苦背。桌面上放十粒生胡豆，读一遍，挪一粒豆子到另一边。读完十遍就捧着书到老师面前背。有的只读三五遍就琅琅地会背，有的念了十遍仍背得七颠八倒。老师生气，我越发心不在焉，肚子又饿，索性把生胡豆偷偷吃了，宁可跪在蒲团上受罚。眼看着袅袅的香烟，心中发誓，此生绝不做读书人，何况长工阿荣伯说过："女子无才便是德。"他一个大男人，只认得几个白眼字（家乡话形容少而且不重要之意），他不也过着快快乐乐的生活吗？

　　但后来眼看五叔婆不会记账，连存折上的数目也不认得，一点辛苦钱都被她侄子冒领去花光，只有哭的份儿。又看母亲颤抖着手给父亲写信，总埋怨词不达意，十分辛苦。父亲的来信，潦潦草草，都请老师或我念给她听，母亲劝我一定要用功。我才发愤读书，要做个"才女"，替母亲争一口气。

　　古书读来有的铿锵有味，有的拗口又严肃，字既认多了，就想看小说。小说是老师不许看的"闲书"，当然只能偷着看。偷看小说的滋味，不用说比读正经书好几万倍。我就把书橱中所有的小说，一部部偷出来，躲在远离正屋的谷仓后面去看。此处人迹罕至，又有阳光又有风。天气冷了，我发现厢房楼上走廊的一角更隐蔽。阿荣伯为我用旧木板就墙角隔出一间小屋，屋内一桌一椅。小屋三面木板，一面临栏杆，坐在里面，可以放眼看蓝天白云，绿野平畴。晚上点上菜油灯，看《西游记》入迷时忘了睡觉。母亲怕我眼睛受损，我说栏杆外是碧绿稻田，比坐在书房里面对墙壁熏炉烟好多了。我没有变成四眼田鸡，就幸得有此绿色调剂。

小书房被父亲发现，勒令阿荣伯拆除后，我却发现一个更隐蔽安全的处所。那是花厅背面廊下长年摆着的一顶轿子。三面是绿呢遮盖，前面是可卷放的绿竹帘。我捧着书静静地坐在里面看，绝不会有人发现。万一听到脚步声，就把竹帘放下，格外有一份与世隔绝的安全感。

我也常带左邻右舍的小游伴，轮流地两三人挤在轿子里，听我说书讲古。轿子原是父亲进城时坐的，后来有了小火轮，轿子就没用了，一直放在花厅走廊角落里，成了我们的世外桃源。游伴们想听我说大书，只要说一声："我们进城去。"就是钻进轿子的暗号。

在那顶轿子书房里，我还真看了不少小说呢。直到现在，我对于自己读书的地方，并不要求如何宽敞讲究，任是多么简陋狭窄的房子，一卷在手，我都能怡然自得，也许是童年时代的心理影响吧。

进了中学以后，高中的国文老师王善业先生，对我阅读的指导、心智的发现至多。那时中学生的课外书刊有限，而汗牛充栋的旧文学书籍，又不知如何取舍。他劝我读书不必贪多，贪多嚼不烂，徒费光阴。读一本必要有一本的心得，读书感想可写在纸上，他会仔细批阅。他说："如是图书馆

借来的书，自己喜爱的章句当抄录下来。如果是自己的书，尽管在书上加圈点批评。所以会读书的人，不但人受书的益处，书也受人的益处。这就叫做'我自注书书注我'了"。他知道女生都爱背诗词，他说诗词是文学的、哲学的，也是艺术音乐的，多读对人生当另有体认。他看我们有时受哀伤的诗词感染，弄得痴痴呆呆的，就叫我们放下书本，带大家去湖滨散步，在照眼的湖光山色中讲历史掌故、名人轶事，笑声琅琅，顿使人心胸开朗。他说读书与交友像游山玩水一般，应该是最轻松愉快的。

清代名士张心斋说："少年读书，如隙中窥月。中年读书，如庭中赏月。老年读书，如台上望月。"把三种不同境界，比喻得非常有情趣。隙中窥月，充满了好奇心，迫切希望领略月下世界的整体景象。庭中赏月，则胸中自有尺度，与中天明月，有一份莫逆于心的知己之感。台上望月，则由入乎其中，而出乎其外，以客观的心怀、明澈的慧眼透视人生景象。无论是赞叹，是欣赏，都是一份安详的享受了。

微笑是岁月的影子

大度

是一种美德

有一位著名的音乐家，在成名前曾经担任过俄国彼德耶夫公爵家的私人乐队的队长。

突然有一天，公爵决定解散这支乐队，乐手们听到这个消息的时候，一时间面面相觑、心慌意乱，不知道如何是好。看着这些和自己一起同甘共苦许多年的亲密战友，这位音乐家睡不安寝、食不甘味，他绞尽脑汁想出了一个主意。

他立即谱写了一首《告别曲》，说是要为公爵做最后一场独特的告别演出，公爵同意了。

这一天晚上，因为是最后一次为公爵演奏，乐手们表情呆滞、万念俱灰，根本打不起精神，但是看在与公爵一家相处这些日子的情分上，大家还是竭尽所能、尽心尽力地演奏起来。

这首乐曲的旋律一开始极其欢悦优美，把与公爵之间的情感和美好的友谊表达得淋漓尽致，公爵深受感动。渐渐地，乐曲由明快转为委婉，又渐渐转为低沉，最后，悲伤的情调在大厅里弥漫开来。

这时，只见一位乐手停了下来，吹灭了乐谱上的蜡烛，向公爵深深地鞠了一躬，然后悄悄地离开了。过了一会儿，又有一名乐手以同样的方式离开了。就这样，乐手们一个接着一个地离去了，到了最后，空荡荡的大厅里，只留下了他一个人。只见他深深地向公爵鞠了一躬，吹熄了指挥架上的蜡烛，偌大的大厅刹那间暗了下来。

正当他也像其他乐手一样，要独自默默地离开的时候，公爵的情绪已经达到了顶点，再也忍不住了，大声地叫了起来："这到底是怎么一回事呢？"他真诚而深情地回答说："公爵大人，这是我们全体乐队在向您做最后的告别呀！"这时候公爵突然醒悟了过来，情不自禁地流出了眼泪："啊！不！请让我再考虑一下。"

就这样，他用一首《告别曲》的奇特氛围，成功地使公爵将全体乐队队员留了下来。他就是被誉为"交响乐之父"的世界著名音乐家——海顿。

在滚滚红尘中，芸芸众生中有不少人会这样做：你对我不好，我也不会对你好。比如，在被抛弃、被辞退、被退学的时候，往往会愤愤离去，甚至采取报复行为；还有这样一种情况，有的人在抛弃对方或者准备跳槽时，也不愿意给对方留下一个好的印象，结果出现了一种糟糕的结局。相反，海顿深知，即便是最后的时光，也要一样无限美好地离去，为的是给双方留下一些更美好的或是更值得他日回忆的东西。结果，他充满真情、大度的告别扭转了局面。

当你对他人多一点宽容、多一点大度、多一点容忍、多一点体贴、多一点谅解，你自己也会少一些忧愁、少一些烦恼、少一些郁闷、少一些不快，降低了耗气伤神的砝码，增加了健康快乐的基数，善待他人益于己，宽容大度一点儿没错！

微笑是岁月的影子

成功 才是最好的规则

Cheng Gong Cai Shi Zui Hao De Gui Ze

　　"无规矩不成方圆"，有太多的人相信甚至迷信规则，因为规则似乎划定了一个完美的圆圈，将人圈起来，很好约束；另外，规则也是一种轻车熟路的东西，便于亦步亦趋，按图索骥，让人费少许的力就可以做成一件事情。但是，时间常常会改变一些规则，现实也常常会冻结一些规则，这就需要我们具有打破这些规则的勇气，将成功视为最大的规则，否则死搬规则只能招致失败，这是非常令人遗憾的事情。

　　陈平是浙江兰溪农村的一个平凡的孩子，在读高中的时候，发现自己并不适应考试制度，不管怎样努力，总体成绩一直处在中等偏上的位置。高三那年，他做了一件特别不合规则的事情：放弃高考，独自创业。在父母看来，一个孩子能够按部就班地参加高考，升入大学，再拿到文凭，最后应聘就业，就是一条合乎规则的正途，再说大家都这样走，风险小，走起来心安理得，现在儿子竟然选择退出，不能不让他们担惊受怕。在父母苦口婆心的劝说下，陈平决定读自考学校，拿文凭似乎成了对父母的慰藉。此时的陈平已经读过不少书籍，对文字比较敏感，能够正确判断出一本书、一篇文章的优劣高低，所以在读自考的同时，他又不愿做一个循规蹈矩的好学生，"不务正业"地创办起小作家联盟网站，专门从事图书策划，集中力量包装"80后"写手。在经历了无数次的等待和失望后，2004年11月，陈平策划的第一套丛书《新概念·文学青春书系》正式出版。这给了陈平很大的信心，一鼓作气又策划了《锦瑟年华》三卷本、《被绑在树上的人》、《新概念·80年代的天空》等，并依托小作家联盟网站，独立负责策划和操作了"小作家排行榜"系列活动、"'80后'作家金华行"大型活动，《新周刊》、《文学报》、"搜狐读书"等纷纷转载或报道。

陈平的经历不能复制，但对于他个人来说，打破规则就是释放与众不同的个性，给自己创造成功的机会，那些被规则约束、正苦闷彷徨的人，应该从中受到启示。其实，规则都是前人定的，在日新月异的今天，一些规则难免被颠覆，我们不妨抛开"老皇历"，为自己的人生翻开崭新的一页。

江西女孩吕燕正是敏锐地把握住了时代的新方向，果断地颠覆美丽的旧规则，才终于从被人藐视的所谓"丑小鸭"，一步步地踏上T型舞台，成为令人惊艳的国际名模。吕燕的个头特高，走路时常驼着背，看上去并不美，她参加了一个形体训练班后，好了许多。但是，按照旧有的审美规则，她的容貌更不适合从事模特行业，譬如她的眼睛属于细长型的单眼皮，颧骨高下巴短，脸上还有好多小雀斑。在北京创业的时候，吕燕就经常受到周围人的指指点点："她长得那个样子，怎能当模特呀！"甚至连一些模特经纪公司也不看好她，打量她的眼光充满藐视。但正是这种目光，让这个天生乐观、喜欢挑战的女孩子决心奋力一搏，打破惯性规则，迎合更加开放的全新的审美趋向，赢得自己事业的"艳阳天"。吕燕毫不气馁，努力工作，终于遇到她的第一个伯乐——国内著名造型设计师李东田，他这样评价吕燕："那是难得的漂亮，她的面孔特别国际化，特别不同凡响，尤其是她身上透出的那种同龄女孩子少有的坚定、坚韧，让人一看就知道这是个超级模特。"经过李东田的提携、推举，吕燕渐渐有了名气。后来，她来到时

微笑是岁月的影子

装之都巴黎，如鱼得水，如花盛放，国人眼中的"丑女"让众多国际顶尖设计师喜出望外……吕燕曾经游走在"绝色"与"奇丑"这两种极端对立的评价之间，其实也是冲突在新和旧的规则之间，所幸她没有被旧规则压倒，而是以前卫的姿态行走在时代前列，接受甚至创造了新的规则，这让她创造了别样的美，创造了非凡的奇迹。

是的，成功才是最重要的规则，或者说最重要的规则在于打破规则。一个规则只要能够帮助你博得成功，它就是最好的、最适应你的；如果没有这样的规则，你甚至可以自己制定游戏的规则。

跌倒了*别急着*站起来

Die Dao Le Bie Ji Zhe Zhan Qi Lai

　　读中文系的他在大四那年，借了一笔启动资金，雄心勃勃地召集了几个计算机专业的在校生，在中关村附近注册了一家电子公司，但他的公司没开张多久，便在内外交困中败下阵来，几个助手一哄而散，只留给他一个无法收拾的烂摊子。

　　很快，他又重打锣鼓另开张了，在新科技园内开了一个专营电脑器材的小公司，但运行的结果并不像他想象的那样轻松，没过多长时间，他的小公司再次关门。

　　两次失败，让他欠下了一笔不大不小的债务。而一向自负的他是绝不肯轻易认输的，此后，他又接二连三地在北京信息产业密集区创办了好几个与电子相关的公司，很遗憾，他一而再、再而三的执着，并未让他赢得成功，接二连三的失败让他债台高筑。

　　一天，他沮丧地将创业经历讲述给老教授听，言语中流露出对自己连续创业失败的不甘和无奈。

　　老教授耐心地听完他的倾诉，没有马上发表自己的意见，而是给他讲了自己年轻时听到的一个小故事：

　　一个旅行者在自己行进的途中，突然改变了原来选定的路线，决定抄近道前往目的地。没想到，在他穿越那片看似很平坦的草地时，没走几步，脚被什么东西猛地绊了一下，把他摔了个跟头。对此，他

微笑是岁月的影子

没太在意，从草地上爬起来，他揉了揉有点儿痛的膝盖，继续前行。但没走出几十米，他又结结实实地摔了一跤。这一回，他没有急着站起来，而是躺在那里，一边揉着受伤的腿，一边仔细地打量脚下的草地。

原来，绊倒他的是一个草环，那是一种丛生的植物，用疯长的、极柔韧的枝蔓编织的一个很隐蔽的草环，在他跌倒的周围有很多这样的草环，行人稍不留意，就会被绊个跟头。待他坐起来，将目光再往前一延伸，不由得大吃一惊——前方不远处，掩藏在繁花绿草间的，竟是一片可怕的沼泽。

他转到另一条安全的路上，心中庆幸刚才跌的那个跟头，更庆幸自己没有像第一次那样漫不经心地急于爬起来赶路，而是细心地查清了让自己跌倒的原因，还认真地打量了自己原本自信的道路……

事后，他又心有余悸地说，那片隐蔽在草地深处的沼泽，不久前还吞噬了两个粗心的过路人呢。

老教授的故事讲完了，他站起身来，向教授深鞠一躬，真诚地说道："老师，谢谢您的故事，我懂了——仅仅想到跌倒后赶紧爬起来还远远不够，还必须知道自己是因为什么跌倒的，知道怎样才能不跌更大的跟头……"老教授微笑着点头，送走了聪明的他。

数年后，已是北京一家大型企业文化策划公司老总的他，谈及创业的种种坎坷经历时说，让他感受最深，永远难以忘怀的，就是老教授给他讲的上面那个小故事。

早起

看人间

　　如果你觉得现代生活太浮华，商业社会的人太不诚实，都市生活太烦嚣，空气太污浊，生活太需要钱了，我劝你看看7点钟以前的台北市，最好是从5点多钟就开始看。

　　早起的人们真多，他们都是起来做运动的。有人穿着简便的运动装，有人穿着普通的家常服，有快步走的，有慢步跑的，有跳土风舞的，有打太极拳的，也有打羽毛球和做柔软体操的。男人们轻轻便便，女人们不施脂粉，大家都一律是本来面目，没有考究的发型、名牌的化妆品、高档的时装和昂贵的珠宝。没有人希望自己在穿戴打扮上与众不同，人间忽然显出了可喜的朴实与诚恳。亿万富翁和薪水阶级一样是一袭便装，不带任何"零件"，大家同样地勇于生活，健康进取，说明了大家对人生目标的正确认识——不再觉得金钱、外表与物质享用是最重要的了，健康和脚踏实地的生活才最重要。

　　这一个转变，是社会最可喜的进步。过去有段时间，萎靡的风气，奢侈的习惯，吃喝享乐的时尚，向拥有多少种名贵香水、多少件巴黎时装的女歌星看齐的心态，正在逐步地消失。大家忽然明白，钱的用途和身价是有限度的了。

　　有多少钱才算多呢？

　　拥有亿万财产的人，真的"拥有"了"几亿"吗，还是实际上为

063

微笑是岁月的影子

了几亿的债务而寝食不安呢?

钱的追求带给人类的是收获的快乐,还是患得患失而导致的高血压与脑中风呢?

当你不健康的时候,钱有什么用呢?

当一个社会没有更进一步的理想,而只有许多钱的时候,又如何避免仅止是个"暴发户"呢?

金钱与物欲是个无底洞,越追越无止境,终于掉入深渊,唯有知道在金钱之外,建立清朗单纯而健康的生活,才能享受到金钱之福,而不致使自己变成金钱之奴。

早上7点以前的台北市,是个朴实无华的地方。宽阔的林阴道上,都是朴实无华的人。大家以真面目相见,不会觉得某人比某人"高级"。

这一番人生态度的改变,是整个社会的福音。把阴柔换上了阳刚,国民有了齐步堂堂的朝气,恢复了中华民族数千年来传统的美德——崇实务本,不尚浮华。

传统的中国人是看不起浮华的,他们宁做"老旧家",不做"暴发户",传统的中国有钱人,越是有钱,越是朴素,这样才会受人尊重。

"乍穿花鞋高抬脚",是当年的一句俏皮话,形容暴发户的浅薄相。"炫耀"正是由于见识浅薄所致。当一个人"穿惯丫花鞋",自然就不再觉得有双花鞋是什么了不起的事,而不屑去炫耀了。

有了财富之后,第二步是培养深度。

有了深度的人们,自然就会朴实。

朴实对富有的人们来说,是教育程度所造成的。

相形之下,你自然明白,为什么身上挂的珠宝越多的人,程度越浅。

相形之下,你也自然明白,为什么总是那些程度浅的人会无缘无故地去美容和整形。

修剪欲望

Xiu Jian Yu Wang

曼谷的西郊有一座寺院，因为地处偏远，香火一直非常冷清。

原来的住持圆寂后，索提那克法师来到寺院做新住持。初来乍到，他绕着寺院四周巡视，发现寺院周围的山坡上到处长着灌木。那些灌木呈原生态生长，树型恣肆而张扬，看上去随心所欲，杂乱无章。索提那克法师找来一把园林修剪用的剪子，不时去修剪一棵灌木。半年过去了，那棵灌木被修剪成一个半球形状。

僧侣们不知住持意欲何为，问索提那克法师，法师却笑而不答。

这天，寺院来了一个不速之客，来人衣衫光鲜，气宇不凡。法师接待了他。对方说自己路过此地，汽车抛锚了，司机现在修车，他进寺院来看看。

法师陪来客四处转悠。行走间，客人向法师请教了一个问题："人怎样才能清除掉自己的欲望？"

微笑是岁月的影子

索提那克法师微微一笑，折身进内室拿来那把剪子，对客人说："施主，请随我来！"

他把来客带到寺院外的山坡。客人看到了满山的灌木，也看到了法师修剪成型的那棵。

法师把剪子交给客人，说道："您只要能经常像我这样反复修剪一棵树，您的欲望就会消除。"

客人疑惑地接过剪子，走向一丛灌木，咔嚓咔嚓地剪了起来。

一壶茶的工夫过去了，法师问他感觉如何。客人笑道："感觉身体倒是舒展轻松了许多，可是日常堵塞心头的那些欲望好像并没有放下。"

法师颔首说道："刚开始是这样的。经常修剪，就好了。"

来客走的时候，跟法师约定他10天后再来。

法师不知道，来客是曼谷最享有盛名的娱乐大亨，近来他遇到了以前从未经历过的生意上的难题。

10天后，大亨来了；16天后，大亨又来了……3个月过去了，大亨已经将那棵灌木修剪成了一只初具规模的鸟。法师问他："现在是否懂得如何消除欲望。"大亨面带愧色地回答说："可能是我太愚钝，眼下每次修剪的时候，能够气定神闲，心无挂碍。可是，从您这里离开，回到我的生活圈子之后，我的所有欲望依然像往常那样冒出来。"

法师笑而不言。

当大亨的树完全成型之后，索提那克法师又向他问了同样的问题，他的回答依旧。

这次，法师对大亨说："施主，您知道为什么当初我建议您来修剪树木吗？我只是希望您每次修剪前，都能发现，原来剪去的部分，又会重新长出来。这就像我们的欲望，你别指望完全消除。我们能做的，就是尽力把它修剪得更美观。放任欲望，它就会像这满坡疯长的灌木，丑恶不堪。但是，经常修剪，就能成为一道悦目的风景。对于名利，只要取之有道，用之有道，利己惠人，它就不应该被看做是心灵的枷锁。"

大亨恍悟。

此后，随着越来越多的香客的到来，寺院周围的灌木也一棵棵被修剪成各种形状。自此这里香火渐盛，日益闻名。

微笑是岁月的影子

Zen Yang Zuo Hao Yi Zhan Deng

怎样做好一盏灯

　　技师在退休时反复告诫自己的小徒弟，不管在何时，都要少说话，多做事，凡是靠劳动吃饭的人，都得有一手过硬的本领。小徒弟听了连连点头。

　　十年后，小徒弟早已不再是徒弟了，他也成了技师。他找到师傅，苦着脸说："师傅，我一直都是按照您的方法做的，不管做什么事，从不多说一句话，只知道埋头苦干，不但为工厂干了许多实事，也学得了一身好本领。可是，令我不明白的是，那些比我技术差的，比我资历浅的都升职加薪了，而我还是拿着过去的工资。"

　　师傅说："你确信你在工厂的位置已经无人替代了吗？"

　　他点了点头："是的。"

　　师傅说："你是该到请一天假的时候了。"

　　他不懂地问："请一天假？"

　　师傅说："是的，不管你以什么理由都行，你一定得请一天假。因为一盏灯如果一直亮着，那么就没人会注意到它，只有熄上一次，才会引起别人的注意……"

他明白了师傅的意思，请了一天假。没想到，第二天上班时，厂长找到他，说要让他当全厂的总技师，还要给他加薪。

原来，在他请假的那一天，厂长才发现，工厂是离不开他的，因为平时很多故障都是他去处理的，别人根本不会处理。

他很高兴，也暗暗在心里佩服师傅的高明。薪水提高了，他的日子也好过了，买车买房，娶妻生子。只要经济发生了危机，他便要请上一天假，每次请假后，厂长都会给他加薪。

究竟请了多少次假，他也不记得了。就在他最后一次请假后准备去上班时，他被门卫拦在了门外。他去找厂长。厂长说："你不用来上班了！"

他苦恼地去找师傅："师傅，我都是按您说的去做的啊。"

师傅说："那天，我的话还没有说完，你就迫不及待地去请了假。要知道，一盏灯如果一直亮着，确实没人会注意到它，只有熄灭一次才会引起别人的注意，可是如果它总是熄灭，那么就会有被取代的危险，谁会需要一盏时亮时熄的灯呢？"

微笑是岁月的影子

谈死亡

今天是奶奶的祭日。

所以爸爸一早就把大厅桌子上的东西挪开，先摆两瓶鲜花，再将奶奶的照片放在中间。然后公公、婆婆、爸爸、妈妈和你，一起在前面鞠了三个躬。

奶奶逝世已经三年了，就在三年前的今天傍晚，93岁的奶奶，永永远远地离开了我们。

中国人管死人的生日叫"冥诞"，称先人逝去的那一天为"祭日"。爸爸觉得祭日比冥诞来得重要，因为奶奶生的那一天，我还没来到这个世界；奶奶死的那一天，我和你妈妈都到了床前。

同样的2月，同样的18号，也就有着同样冬天的寒冷和短短的日照，连公路上萧疏的景象都跟三年前一样。所以祭日使我们更能回想起当时的情景，使我们更能回到当年的伤心。

对的！回到当年的伤心。有时候，我们要忘掉不好的往事，有时候却要重温心碎的一刻。

就在不久之前，我收到一个马来西亚高中女生的来信，她的妈妈死了，弟弟只有六岁，你知道她要弟弟做什么事吗？她叫弟弟擦干眼泪，用笔写下当时的心情。

"我要弟弟写封信给妈妈，把心里想要对妈妈说的话写下来。我希望趁他对妈妈还有记忆时写下来，以后大了可以看，把妈妈永远留在心中……"那女生在给我的信里这么说。

我一边看她的信，一边掉眼泪，立刻回信给她，说才失去母亲不久的我，可以感受她的伤恸，更惊讶以她那么小的年龄，居然会想到要弟弟记下心情的方法。

所以，"祭日"也是"记日"，是让我们加深对死者记忆的日子。随着岁月流逝，当我们对死者的印象逐渐淡忘的时候，如果能利用每个祭日想一想，那记忆就能停留得更长久。

亲爱的女儿！当你走过奶奶照片的时候，就驻足看看奶奶吧！那是奶奶到华盛顿旅行时，在国会大厦台阶上拍摄的。当时她88岁了，还很能走，你瞧！她笑得多开心。

也利用这一天，在你的脑海里找找奶奶的影子吧！跟那马来西亚小男孩一样，奶奶死时，你还太小，只怕以后记忆会愈来愈模糊，所以应该趁着奶奶逝世才三年，想办法加深对奶奶的印象。想想奶奶怎么疼你；想想奶奶每天一大早，怎么和婆婆一起把你的小床推到她的房间，照顾你；想想你到医院看奶奶，奶奶临终张开眼，看看你的那一刻；也想想，你那天，才坐进车子就痛哭失声。

当然，我不是要你再去哭。落泪的日子已经过去，我们已经从丧亲的悲痛中走出来。就好比我们卷起袖子，看以前受伤的疤痕。那疤痕不再痛，但能使我们回想到受伤的一刻，也在心里告诫自己，下次要小心了。

亲爱的小丫头，你知道要告诫自己的是什么吗？

是当你留不住奶奶，为奶奶逝世悲伤的时候，要想想还有公公婆婆在眼前，甚至想想有父母在身边，而好好把握机会，多跟我们聚聚。

唯恐以后散了，今天就多聚聚吧！

对远行的亲人挥完手，就回身搂搂身边的亲人吧！

这才是在奶奶祭日，你真正应该学习的啊！

微笑是岁月的影子

跳蚤人生

　　失败常常不是因为我们不具备这样的实力，而是在心理上默认了一个"不可跨越"的高度限制。

　　六年前，一位朋友南下求职，根据她的专长和才华，负责一个部门运行不成问题。

　　我给一家电信公司的余总工程师写了一封推荐信，然后让朋友约定时间面试。没想到她却说自己从来没有在这样大的电信公司做过主管，恐怕面试无法通过，或者做不好工作，影响朋友的面子，主动"退而求其次"。

　　她先给几家用人单位寄去简历，足足等了半个月，结果石沉大海无消息。接着，她又去找区级人才市场或者职业介绍所，见了几家用人单位，结果是"高不成而低不就"。最后，她打电话给电信公司余总工程师，总工办秘书接过电话问道："请问您找哪一位？"她回答说："请找余总。"秘书说："对不起，余总正在开会，可以请您留下口信吗？"

她又不好意思留口信。

一周后，我给她讲了一个"跳蚤的故事"。有人做过这样一个实验，把一只跳蚤放进玻璃杯，发现跳蚤跳的高度一般可达到它身体的400倍，如果再增加一些高度，跳蚤就跳不出来了。但是当你把一盏酒精灯拿到杯底，跳蚤热得受不了的时候，它就会"嘣"的一下跳出去。正如兵法上所说"置之死地而后生"。

朋友很快领悟，第二天一上班，她就给余总打电话，又是秘书接的电话，但她直呼余总的名字，秘书不敢怠慢，很快接通电话……

现在我这位朋友早已成为该公司的设计室主管。余总多次对我说："我真该感谢你，你给我们公司介绍的这位同事诚实、能干、进步最快。"

其实我们许多人也在重复着这样的"跳蚤人生"，因为在心理上默认了一个"不可跨越"的高度极限，而甘愿忍受失败者的生活。

微笑是岁月的影子

爱怕什么（节选）

Ai Pa Shen Me

爱挺娇气，挺笨，挺糊涂的，有很多怕的东西。

爱怕沉默。太多的人，以为爱到深处是无言。其实爱是很难描述的一种情感，需要详尽地表达和传递。爱需要行动，但爱决不仅仅是行动，或者说是语言和感情的流露，也是行动不可或缺的一部分。我曾经和朋友做过一个测验，让一个人心中充满一种独特的感觉，然后用表情和手势表达出来，让其他不知底细的人猜测他的内心活动。出迷和解迷的人都欣然答应，自以为万无一失。结果，能正确解码的人少得可怜。当你自觉满脸爱意的时候，他人误读的结论千奇百怪，比如认为那是矜持、发呆、忧郁……

一位妈妈，胸有成竹地低下头，做出一个表情。我和另一位女士愣愣地看着她，相互对视了一下，异口同声地说："你要自杀？"她愤怒地瞪着我们说："岂有此理，你们怎么那么笨！我此刻心头正充盈着温情！"愚笨的我俩挺惭愧的，但没等我们道歉的话出口，那位妈妈恍然大悟道："原来是这样！怪不得我每次这样看着儿子的时候，他都会不安地说：'妈妈，我又做错了什么？你又在发什么愁？'"

爱需要表达，就像耗电太快的电器，每日都得充电，重复而新鲜地描述爱意吧。它是一种勇敢和智慧的艺术。

爱怕犹豫。爱是羞怯和机灵的，一不留神它就吃了鱼饵闪去。爱的初起往往是柔若无骨的碰撞和翩若惊鸿的动力。在爱的极早期，就敏锐地识别自己的真爱，是一种能力，更是一种果敢。爱一桩事业，就奋不顾身地投入；爱一个人，就勇往直前地追求；爱一个民族，就肝脑涂地地献身。

爱怕假冒伪劣。真的爱也许不那么外表光鲜、色彩艳丽，没有精致的包装，没有夸口的广告，但是它有内在的质量保证。真爱并非不会发生短路与损伤，但是它有保修单，那是两颗心的承诺，写在天地间。

爱像娇艳的花朵，怕转瞬即逝。爱可以不朝朝暮暮，爱可以不卿卿我我，但爱要铁杵磨针，恒远久长。

爱的时候，眼睛近视散光，只爱看江山如画；耳朵是聋的，只爱听莺歌燕舞。爱让人片面，爱让人轻信。爱让人智商下降，爱让人一厢情愿。爱最怕的是腐败。爱需要天天注入激情和活力，但又如深潭，波澜不惊。

微笑是岁月的影子

欣赏使人变美

19世纪末，美国西部的密苏里有一个坏孩子，他偷偷地向邻居家的窗户扔石头，还把死兔子装进桶里放到学校的火炉里烧烤，弄得臭气熏天。他九岁那年，父亲娶了继母，父亲告诉她要好好注意这个坏孩子。继母好奇地走近这个孩子。当她对孩子有了了解之后说："你错了，他不坏，而且很聪明，只是他的聪明还没有得到发挥。"继母很欣赏这个孩子，在她的引导下，这孩子的聪明找到了发挥的地方，后来成了美国当代著名的企业家和思想家。这个人就是戴尔·卡耐基。

台湾作家林清玄去一家羊肉馆用餐，老板对他说："你还记得我吗?"林清玄说："记不起来了。"老板拿来一张20年前的旧报纸，那里有林清玄的一篇文章，那时他在一家报社当记者。这是一篇关于小偷的报道，小偷手法高超，作案上千次，次次得手，最后栽在一个反扒高手的手上。文章感叹道："像心思如此细密，手法如此灵巧的小偷，做任何一件事情都会有成就的吧！"老板告诉他："我就是那个小偷，是你的这段话引导我走上了正路。"

连小偷身上也有可欣赏的地方，连小偷也能在欣赏的引导下走上正路，我们周围还有什么人不能欣赏、不能被引导呢？

学会欣赏别人吧！欣赏你的同事，你和同事之间会合作得更加亲密；欣赏你的下属，下属会工作得更加努力；欣赏你的爱人，你们的爱情会更加甜蜜；欣赏你的孩子，说不准他就是下一个卡耐基……

微笑是岁月的影子

亏己也是福

Kui Ji Ye Shi Fu

世间，有些人常怕自己吃亏。因而他们总爱斤斤计较，处处较劲，即使是蝇头小利，也要与人争得面红耳赤，吵闹不休。他们若占了点别人的便宜，心里就会像吃了蜜一样，格外舒服。

其实，做人是不能怕吃亏的，更不能损人利己。做人可贵之处，倒是乐于亏己。事实就是如此，自己主动吃点亏，往往能把棘手的事情做好，能把很难处理的问题解决得妥妥当当。

西汉时期，有一年过年前夕，皇帝一高兴，就下令赏赐每个大臣一头羊。羊有大有小，有肥有瘦。在分羊时，负责分羊的大臣犯了难，不知怎么分才能让大家满意。正当他束手无策时，一位大臣从人群中走了出来，说："这批羊很好分。"说完，他就牵了一只瘦羊，高高兴兴地回家了。众大臣见了，也都纷纷仿效他，不加挑剔地牵了一头羊就走。摆在大臣们面前的一道难题一下子就迎刃而解了。第一位牵羊大臣既得到了众大臣尊敬，也得到了皇帝的器重。对于他来说，亏己不正是福吗？

亏己者，能让人们觉得他有度量而加以敬重。这样，亏己者的人际关系自然就比别人好。当他遇到困难时，别人也乐于向他伸出援助之手；当他干事业时，别人也肯对他予以支持和帮助，他的事业自然就容易获得成功。毋庸置疑，能亏己者，大都是心胸宽阔者，而这些人呢，就比别人更能为国建功立业。

有人说："一个人心胸有多大，他做成的事业就有多大。"诚哉斯言！只要我们留心一下历史和身边的人就不难发现，凡那些取得了巨大成就者，尤其是那些有杰出成就的人，无一不是胸怀广、能亏己的人。相反，再看看我们身边那些一生无所作为、无所建树的人，有哪一个不是心胸窄、爱计较、不肯亏己之辈？由此可见，亏己也是福！

低价拍卖的脚踏车

Di Jia Pai Mai De Jiao Ta Che

美国海关有一批被没收的脚踏车在公告后决定拍卖。

拍卖会中，每次叫价的时候，总有一个十岁出头的男孩喊价，而且总是以"5块钱"开始出价，然后眼睁睁地看着脚踏车被别人用30元、40元买去。拍卖会中间休息时，拍卖员问那个小男孩为什么不出较高的价格来买，男孩说，他只有5块钱。

拍卖会又开始了，那男孩还是给每辆脚踏车相同的价钱，然后又被别人用较高的价钱买了去。后来，聚集的观众开始注意到那个总是首先出价的男孩，也开始觉察到会有什么结果。

最后，拍卖会要结束了，这时只剩一辆最棒的脚踏车，车身光亮如新，有多种档、10段杆式变速器、双向手刹车、速度显示器和一套夜间电动灯光装置。

拍卖员问："谁出价？"这时，站在最前面、几乎已经绝望的那个小男孩轻声地再次说："5块钱。"

拍卖员停止喊价，停下来站在那里。

这时，所有在场的人都看着这个小男孩，没有人出声，没有人举手，也没有人喊价，直到拍卖员喊价三次后，他大声说："这辆脚踏车卖给这位穿短裤白球鞋的小伙子！"此语一出，全场鼓掌。

那个小男孩拿出握在手中仅有的5元钱，买了那辆毫无疑问是最漂亮的脚踏车时，脸上露出灿烂的笑容。

放弃自己的一点私欲，去成全一个美好的愿望。我们每个人一点点善意的付出，会给这世界增添许多美好和欢乐！

081

微笑是岁月的影子

守住一颗心

Shou Zhu Yi Ke Xin

　　小镇上有个瓜摊，卖瓜的王老汉技艺出色，任何一只瓜，只要他托在手里掂一掂，就能一口报出瓜的重量，并且丝毫不差。

　　一天，附近寺院的方丈带着小和尚前来买瓜。面对他们挑拣出的几只香瓜，王老汉眯着眼睛说："一共二斤六两。"小和尚不信，用秤一称，果真一两不差。

　　接下来，方丈又挑了一只香瓜。他告诉王老汉，若是王老汉再能估准那只瓜，他便将随身带着的一锭银子送给王老汉。

　　那锭银子，足有二两重。

　　王老汉爽快地答应了。他小心翼翼地托起瓜，掂了掂后沉思不语；过了好一会儿，在旁人的一再催促下，王老汉才咬着牙说是一斤三两。用秤一称，那只瓜分明是一斤五两。

　　一锭银子，彻底扰乱了王老汉的心神，从而使他难以发挥出自己真正的水平来。一个人越是看重身外之物，也就越容易迷失自己的内心。

　　类似的故事，庄子也曾讲过：一个博弈者用瓦盆作赌注，他的技艺可以发挥得淋漓尽致；而他拿黄金作赌注，则大失水准。睿智的庄子，对此总结为"外重者内拙"。

这也说明，一个人越是看重身外之物，也就越容易迷失自己的内心。

一颗心，是我们活在世上的立身之本。这颗心中，蕴藏着我们的智慧与才华，也蕴藏着我们的性情与品质。唯有守住这颗心，我们才能认清真正的自己，才能最大限度地发挥自己的潜能，才能最终完成自己的心愿。

人心如水，只要一缕微风，就能吹皱平静的水面。更何况，这个灯红酒绿的世界到处都是诱惑，名车豪宅、金钱美女、名利地位时常如风暴一般从心上掠过，一不当心，我们的内心便会翻江倒海，再难恢复原来澄澈、纯净、安宁的本性。

一千多年前，诸葛亮就在《诫子书》中如此写道："非淡泊无以明志，非宁静无以致远。"一个人，唯有安心于淡泊宁静的生活，唯有甘心于寂寞冷清的生活，才能抗拒得了滚滚红尘中的不尽诱惑，才能守得住自己的一颗心。

微笑是岁月的影子

宽容，永不淡褪的颜色

世界上最宽阔的是大海，比大海更宽阔的是天空，比天空更宽阔的是人的胸怀。宽容是一种豁达和挚爱，如一泓清泉浇灭怨艾、焦虑、嫉妒之火，可以化冲突为祥和，让人悄悄远离挫折甚至邪恶。

那年，肖恩17岁。半年前，他的父母离异了，肖恩和父亲在一起生活。

那段时间肖恩很不开心，母亲的离去让他的生活一下子黯淡下来，他常常闷闷地在纸上胡乱画着。曾经，他的愿望是成为一名画家，可现在，他觉得做什么都没有意义。

恰逢班主任休产假，学校来了个代课老师教他们地理。这位叫凯拉的实习老师嘴角露着温柔的笑容，以前每当肖恩完成一幅画作，母亲都会这般微笑。肖恩就这样隐入了一股莫名的兴奋与不安之中。凯拉的出现，满足了年少懵懂的肖恩对美好事物的所有向往。他的生活不再苍白空洞，她让他感觉到温暖。同学们都喜欢上了这位漂亮和善的女老师，还专为迎接她举办了一场舞会。坐在舞厅一角，肖恩呆呆地欣赏着凯拉优雅的身影和曼妙的舞姿。

"你怎么不跳舞？"肖恩的愁绪被突如其来的声音打断了。抬起头，凯拉的微笑如玫瑰在眼前盛开，肖思全身发烫。

凯拉笑着做了个迷人的邀请姿势："来吧，可爱的少年，我们来跳个舞好吗?"

肖恩任凭凯拉把自己带进舞池中央，他们跳的是狐步舞。在令人眩晕的音乐节拍中，肖恩的心飞了起来。肖恩希望时间可以永远静止在这一刻，他要和她做两只可爱的狐狸，永远这般轻柔悠闲地在茂密的丛林间漫步。肖恩深深地迷恋上了凯拉，四下无人的时候，他常常悄声哼起在舞会上奏响的乐曲，想象着和她一起跳狐步舞的情景……

一个周末，班级开展夏季野营活动，地点选择在一片远离城区的山林。安营扎寨后，同学们点燃了篝火，围着跳动的火焰欢快地舞蹈着。肖恩盼望和上次一样，凯拉第一个过来邀请自己共舞。但是，每次她向他这边走来时，都有男生抢在他前面握住了她的手，然后快乐地舞蹈。眼看着篝火渐渐熄灭，还没轮到他，肖恩的心里很不是滋味，他一个人跑到离篝火不远处的溪边想着心事。夜渐深了，肖恩突然感到一阵寒意袭来。他正要起身离开，却看见凯拉打着手电筒朝溪边走来，他躲在灌木丛后，不知是不是该上去跟她打招呼。

这天晚上的月光特别明亮，凯拉捧起一把溪水洗了个脸，然后扭头看看四下无人，她脱下衣服，跳进溪水开始洗澡。看到这里，肖恩一阵面红耳赤，尽管意识到自己的偷窥是不道德的，但强烈的好奇心驱使肖恩趴在灌木丛后，贪婪地打量着月光下那具像女神一样美丽纯洁的胴体。

就在肖恩意乱情迷时，他不小心碰响了一块石头，声音在寂静的夜里显得特别清晰。凯拉赶紧回到岸边，用手电筒照射传出声音的地方，紧张地大叫："是谁在那里?"灯光里，是一张恐慌而不知所措的脸，两人对视着，都呆了。肖恩更是无地自容，偷窥老师洗澡是多么羞耻的事啊，要是被同学们知道了，今后还怎么见人呢?但仅仅是几秒，手电筒的灯柱就移开了，趁此机会，肖恩慌乱地躲到树的暗影里。

微笑是岁月的影子

很快，一些女生听见凯拉的尖叫都紧张兮兮地跑了过来，七嘴八舌地问："凯拉小姐，发生什么事了？是不是有哪个讨厌的男生在偷看？"肖恩的腿软得已快支撑不住颤抖的身体，他想捂上耳朵，耳边却清晰地传来凯拉平静的声音："没什么，我刚才看见了一只狐狸。""狐狸，在哪呢？"有女孩子好奇地问道。凯拉笑着回答："跑了，看，这就是狐狸跑过的足迹，来，跟我走，说不定我们还赶得上抓住它呢！"说完，她故意用手电筒往溪边的小路照了照，带着那些女生笑嘻嘻地离开了。

四周陡然安静下来，静得让肖恩听到自己的粗重急促的呼吸声。他倚着树干滑了下去，长久压抑的感情此刻犹如山洪般暴发，他终于无声地哭了起来。

第二天，凯拉仍像往常一样对肖恩笑着，仿佛昨夜什么也没有发生，她的善良与宽容深深地打动了肖恩，他发誓决不能辜负老师的一番良苦用心。

十年后，肖恩成了德国一名颇有影响力的新锐画家，许多博物馆都收藏有他的作品。但谁也不知道，在这位年轻而才华横溢的画家的书房里，却悬挂着一幅笔法尚显稚嫩的画作：如水的月光下，一只狐狸仓皇地向前奔跑着，身后留下一串杂乱的足迹，可它还不忘扭过头来往后望，盈满泪水的眼里满是惶恐，但更多的却是感激，仿佛它刚刚在别人的帮助下逃过一场劫难。朝着它的视线望去，有飘飘的裙角在溪旁的树下起舞……

当年的画作，肖恩一直珍藏着。那只仓皇跑过17岁夏夜的"狐狸"，为肖恩保留了一个少年最宝贵的青春尊严！

坚韧，永不放弃的品格

生活中，如果我们被否定了一次，那千万不要灰心，不要放弃。坚韧、永不言败才是我们应该追求的品格。

一位面试官拒绝了一个年轻人的请求，因为他的嗓音不符合广播员的要求。面试官还告诉那个年轻人，由于他那令人生厌的长名字，他永远也不能成名。这个年轻人就是后来印度电影界的"千年影帝"——阿穆布·巴克强。

1962年，四个初出茅庐的年轻音乐人紧张地为"台卡"唱片公司的负责人演唱他们新写的歌曲。这些负责人对他们的音乐不感兴趣，拒绝了他们发行唱片的请求。其中的一位甚至还说："我们不喜欢你们的声音，吉他组合也很快就会退出历史舞台。"后来，这四个人的音乐组合名字叫"披头士"，代表作《昨天》被翻唱的版本有一千多种。

1944年，"名人录"模特公司的主管埃米琳·斯尼沃利告诉一个梦想成为模特的女孩——诺玛·简·贝克说："你最好去找一个秘书的工作，或者干脆早点嫁人算了。"这个女孩后来的艺名叫做玛丽莲·梦露。

1945年，"乡村大剧院"旗下一名歌手首次演出就被开除了。老板吉米·丹尼对那名歌手说："小子，你哪里也别去了，回家开卡车去吧。"这名歌手名叫艾尔维斯·普雷斯利，绰号"猫王"。他开创了现代摇滚乐，至今各地还在每年进行"猫王模仿比赛"。

只要眼睛里还有蓝天

人们常常爱将"遗憾"两字挂在嘴边。

遗憾，一个颇为伤感的字眼，令人心碎。

十多年前的一个茫茫暗夜，津浦线的特快列车在广阔的华北平原上奔驰，在车厢黯淡的灯影下，我凭窗而坐，凝望着那一棵棵如风掠过的白桦树，蓦地，"遗憾"这两个字扑进眼帘。就在这一刹那，我在人生交叉点上做了一个重要的抉择。而在往后的岁月里，因为这个决定，又引起了种种不同的遗憾，却是始料不及的。

曾经听过这样一个故事。

一位美国宾夕法尼亚艺术学院的教授，在不惑之年，竟然尝试去实现童年梦想，他不惜放弃优职高薪，从养狮开始到驯狮、驯虎豹，最终成为美国一代马戏大师。当他向万千观众致谢时，盈泪的双眼，令他看不清那无数个兴高采烈的欢颜。在舞台探照灯的照耀下，他的梦想实现了，事业达到了顶峰。然而，这期间，结婚十几载的妻子因无法理解他的行动，离开了他。生命，最终留下了遗憾。

每个人都有自己遗憾的故事。

当我们站在母亲的墓前，咀嚼着"子欲养而亲不待"的悲哀时；当空间与时间的不吻合而改变了一生的命运时；当一段美丽的情缘，最终刻在心坎上的，只是惆怅的回忆时；当滚滚红尘中，寻觅到一张亲切的面孔，却又在擦身而过的瞬间消逝时；当逝水年华，岁月蹉跎，留下了一个个苍白、空虚的印记时……遗憾带来的况味，竟是如此悲凉、无奈。在这一瞬间，世界变得残缺不全，我们仿佛成了生命的弃儿，缘于那神秘的玄机不在自己的掌握之中。

叔本华说过，人们就像那些炼金者，原指望炼出金子，谁知却往往发现了一些更有价值的事物，如火药、药、化学化合物和一些自然原理。从这个角度去说，当人们感到遗憾时，可能有另一种意想不到的收获出现。身心虽然憔悴，灵魂却更为坚强。谁说遗憾不是一种苦难？而在诗人的眼里，苦难也是美丽的。有遗憾，就意味着有惋惜、有追悔，心儿念念不忘的，仍是对憧憬的追寻，生活中也可能出现一个个感人至深的故事。哀莫大于心死，一旦伤痕化为云烟，深深的遗憾也不会来光顾心房了。

一位朋友，夫妇俩年轻有为，事业有成，在上天的眷顾下，人生已经太完美，夫复何求之际，却令人感到寂寞，没有新鲜感可言。我想，他的遗憾，恰恰是因为没有遗憾吧？

遗憾，令人流泪，也令心灵更加温柔。世上再没有一种东西，能让你如此快乐而忧伤。只要我还有一双眼睛，这眼睛里装满了如洗的碧空，天色蓝得让瞳仁里满是细碎的小蓝点在跳跃，人生就依然有希望。那已逝去的无数个遗憾，点缀了平淡的日子；涟漪过后，更留下点点余韵，回味无穷。

如果说，人生是一本书，遗憾不啻是一串串省略号，空白之处，蕴涵深刻的哲理；如果说，人生是一出音乐剧，遗憾不啻是一个个休止符，无声之中，酝酿着新的活力！一瞬间的寂静，凝聚起下一个乐章的序幕。

我想，遗憾，在生命的历程里，扮演的，恰恰是这样一种角色吧？

微笑是岁月的影子

苹果

的欲望

　　无论是在查普曼扩张生意的过程中，还是在我们叙述他苹果事业的过程中，苹果都看似是一个受众，被动地被推销、被贩卖、被品评、被采摘、被吃掉或者用来酿酒，然后自己的种子又落到一个不可知的境地，遭遇一种不可知的命运。但是，谁也没有意识到，苹果正在怎样利用人类的欲望，不动声色地步步扩张，一统天下。

　　在这里，我们看到的是一个植物与人互相利用的神话，每一方都在利用对方做自身做不了的事情。在这种合作中，双方都得到了改变，从而改变了他们共同的命运：查普曼到最后是作为一个流浪着的富翁去世的；美洲得到了查普曼带去的苹果，就此把荒野永久性地变成了家园。而苹果，苹果得到了什么呢？它得到了一个黄金时期：有数不清的新品种，半个地球成了它的新的生长地。

　　所以，在这场配合默契的舞蹈中，苹果绝对不是一个被动者，它非常主动热情地参与到了自己的驯化过程当中——它不清高，起码，不像橡树那么清高。橡树把自己的橡子生得又苦又涩，使人没有办法把它种进自己的果园。因为它早就和松鼠达成了友好协议——它给松鼠提供粮食，而当松鼠埋下四个左右的橡子作为自己的食物储备的时候，它就会很友好地忘掉原先埋下的、预备吃掉的橡子，让它们长成新橡树。所以，橡树根本不需要进入人类的任何安排之中。

苹果就不同了。它非常急切地想和人类做交易，以扩大自己的地盘。为了达到这一目的，它利用了人们对于"甘甜"的渴望，非常巧妙地把自己的种子包在甘甜的果肉里面，引诱人们和其他喜好甘甜的动物吃掉果肉，撒播种子。当然，苹果绝不会傻到冒着被人或动物吃掉的危险，把自己的种子也生得又香又甜。不熟的苹果又青又涩，只有种子成熟，果子才会红艳艳、金灿灿。为了防止自己的种子也被嚼碎吞下，它还在种子里长出毒素。你把一个苹果从中间切开，就会发现里面有五个小室排列成非常对称的星放射形——一个五角星。每一个小室里都有一粒种子（偶尔也有两粒的），它是油亮的深褐色，好像有木匠细细地打磨过，并上了油一样。这些种子含有少量氰化物，不但有毒，而且苦涩得难以描述。

苹果就这样利用人们的欲望走出哈萨克斯坦的森林，穿越欧洲，到达北美海岸，最终进入约翰·查普曼的独木舟，然后遍地开花。它们诱惑，它们哄骗，它们奉献甘甜，它们一步步引导人类，去实现自己的欲望。

你看，植物就是这么聪明——远比人类聪明。小麦和玉米煽动人类砍倒大片森林，以便为种植它们腾出空地，这就是我们的农业。实际上，与其说我们驯化了小麦和玉米，不如说，这些草本植物利用人类打败了大森林。蒲公英、牵牛花、油麦菜、玫瑰……所有这些植物，都在诱使我们去为它们做它们自己做不了的事情。原来，我们一向是自以为是、妄自尊大的，以为整个世界只有人是主宰，其实，我们也只不过是生存其间的一个客体。这个世界除了可以说成是"我们"的世界，也可以说成是蚂蚁的世界、杨树的世界、月季花的世界、马铃薯的世界、苹果的世界……

就像迈克尔·波化所说："植物在遗传学上尽可能多地繁殖自身的

微笑是岁月的影子

欲望，利用和控制了人类；而人类为了自己这个物种的欲望和便利，又在以简化和集约化来改造着拥有生物丰富性的大自然——就像嫁接者们、单一种植者们和基因工程师们所做的那样——而这将会是非常危险的，因为它缩小了进化的种种可能性，缩小了对于我们所有人都开放的未来。在多样性上冒险，也就是让世界在垮塌上冒险。"

　　就是这样。苹果的欲望、树木的欲望、飞鸟的欲望、一只猫的欲望、人类的欲望，整个世界就这样在欲望的交锋中此消彼长。所有的种子都想发芽，所有的萌芽都想长大，所有的客体都想变成主体，如史铁生所说："亿万种欲望拥挤摩擦，相互冲突又相互吸引，纵横交错成为人间。总有一些在默默运转，总有一些在高声叫喊，总有一些黯然失色、随波逐流，总有一些光芒万丈、彪炳风流，总有弱中弱，总有王中王……"假如我们不能彼此和谐，就只有互相灭亡。

鸟儿
中的理想主义

我对笼中继续扑翼的鸟一直怀有敬意。

几乎每一只不幸被捕获的鸟，刚因入笼中都是拼命扑翼的，它们不能接受突然转换了的现实的场景，它们对天空的记忆太深，它们的扑翼是惊恐的，焦灼不安的，企图逃离厄运的，拒绝承认现实的。然而一些时日之后，它们大都能安静下来，对伸进笼里来的小碗小碟中的水米，渐渐能用一种怡然的姿态享用。它们接受了残酷的现实，并学会把这看成生存的常态。它们的适应能力是很强的。适应能力强，这对人，对鸟，对任何生物，都是一个褒奖的词语。它们无师自通，就懂得了站在主人为它们架在笼中的假树杈上，站在笼子的中心位置，而不是在笼壁上徒劳地乱撞。就像主人所期待的那样，优雅地偏头梳理它们的羽毛，如果有同伴，就优雅地交颈而眠。更重要的是，当太阳升起的时候，或者主人逗弄的时候，就适时适度地婉转歌唱，让人感觉到生活是如此的自由、祥和、闲适。而天空和扑翼这种与生俱来的事情，也就是多余的了。

但有一些鸟的适应能力却很差，这大抵是鸟类中的古典主义者或理想主义者。它们对生命的看法很狭隘，根本不会随现实场景的转换

微笑是岁月的影子

而改变。在最初的惊恐和狂躁之后，它们明白了厄运，它们用最莶弱的姿态来抗拒厄运。他们是安静的，眼睛里是极度的冷漠，对小碟小碗里伸过来的水米漠然置之，那种神态，甚至让恩赐者感到尴尬，感到有失自尊。鸟儿的眼睛里一旦现出这样的冷漠，就不可能再期待它们的态度出现转机，无论从小笼子换到大笼子，还是把粗瓷碗换成金边瓷碗，甚至于再赏给它们一个快乐的伙伴，都没有用了。这一切与它们对生命的认定全不沾边儿。事实上，这时候它们连有关天空的梦也不做了，古典主义者总是悲观的，绝望的，它们只求速死。命运很快就遂了它们的心愿。

　　而我一直怀有敬意的，是鸟儿中的另一种理想主义。这种鸟儿太少，但我侥幸见过一只，因为总是无端想起，次数多了，竟觉得这种鸟儿的数目似乎在我感觉中也多了。

我见到这只鸟儿的时候，它在笼中已关了很久了，我无从得见它当初的惊恐和焦灼，不知它是不是现出过极度的冷漠，或者徒劳地撞击笼壁，日夜不停地用喙啄笼壁的铁枝。我见到它的时候，它正在笼子里练飞。它站在笼子底部，扑翼，以几乎垂直的路线，升到笼子顶部，撞到那里，跌下来，然后仰首，再扑翼……这样的飞，我从来没见过。它在笼中划满风暴的线条，虽然这些线条太短，不能延伸，但的确饱含着风暴的激情。它还绕着笼壁飞，姿态笨拙地，屈曲着，很不洒脱，很不悦目，但毕竟它是在飞。它知道怎样利用笼内有限的气流，怎样训练自己的翅膀，让它们尽可能地张开，尽可能地保持飞翔的能力。

在这样一只鸟的面前，我感觉惭愧。

一般我们很难看见鸟是怎样学飞的，那些幼鸟，那些被风暴击伤了的鸟，那些在岩隙里熬过隆冬的鸟，还有那些被囚的鸟。这是一件隐秘的事。我们只看见它们在天空中划过，自由地扑翼，桀骜地滑翔，我们只羡慕上帝为它们造就了辽阔的天空。

但在看到那只在笼中以残酷的方式练飞的鸟之后，我明白，天空的辽阔与否，是由你自己造就的，这种事情上帝根本无能为力。上帝只是说，天空和飞翔是鸟类的生命形式，而灾难和厄运也是世界存在的另一种形式。至于在灾难和厄运中你是否放弃，那完全是你自己的事情。

微笑是岁月的影子

纵身入水

　　人们在冷天游泳时，大约有三种适应冷水的方法：有些人先蹲在池边，将水撩到身上，使自己能适应之后，再进入池子游；有些人则可能先站在浅水处，再试着步步向深水走，或逐渐蹲身进入水中；还有一些人，做完热身运动，便由池边一跃而下。

　　据说最安全的方法，是置身池外，先行试探；其次则是置身池内，渐次深入；至于第三种方法，则可能造成抽筋甚至引发心脏病。

　　但是相反的，最感觉冷水刺激的也是第一种。因为置身较暖的池边，每撩一次水，就造成一次沁骨的寒冷。倒是一跃入池的人，由于马上要应付眼前游水的问题，反倒能忘记了周身的寒冷。

　　与游泳一样，当人们要进入陌生而困苦的环境时，有些人先小心地探测，以做万全的准备，但许多人就因为知道困难重重，而再三延迟行程，甚至取消原来的计划。又有些人，先一脚踏入那个环境，但

仍留许多后路，看着情况不妙，就抽身而返。当然还有些人，心存破釜沉舟之想，打定主意，便全身投入，由于急着应付眼前重重的险阻，反倒能忘记许多痛苦。

　　如果是年轻力壮的人，我鼓励他做第三种人。虽然可能有些危险，但是你会发现，当别人还犹豫在池边，或半身站在池里喊冷时，那敢于一跃入池的人，早已浪里白条地来来往往，把这周遭的冷，忘得一干二净了。在陌生的环境里，也正是由于这种人比别人快，较别人狠，而且敢于冒险，所以往往是成功者。

微笑是岁月的影子

学会放下 心中的过失

Xue Hui Fang Xia Xin Zhong De Guo Shi

　　奥地利心理学家阿德勒是一名钓鱼爱好者。一次，他发现了一个有趣的现象：鱼儿在咬钩之后，通常因为刺痛而疯狂地挣扎，越挣扎，鱼钩陷得越紧，越难以挣脱。就算咬钩的鱼成功逃脱，那枚鱼钩也不会从嘴里掉出来，因此钓到有两个鱼钩的鱼也不奇怪。在我们嘲笑鱼儿很笨的同时，阿德勒却提出了一个相似的心理概念，叫做"吞钩现象"。

　　每个人都有一些过失和错误，这些过失和错误有的时候就像人生中的鱼钩，让我们不小心咬上，深深地陷入心灵之后，我们不断地负痛挣扎，却很难摆脱这枚"鱼钩"。也许今后我们又被同样的过失和错误绊倒，而心里还残留着以前"鱼钩"的遗骸。这样的心理就是"吞钩现象"。

　　"吞钩现象"使人不能正确而积极地处理失误、自责并企图掩盖失误，造成难以磨灭和不可避免的重复的伤痕。我们都有过"吞钩现象"，只不过连我们自己都不愿意承认罢了。

　　"吞钩现象"是神经高度紧张的结果。每当个人对生活有顺应不良的心理困扰倾向时，就会把埋藏在潜意识深层的阴影激活，制造过失。阴影总是通过过失表现出来的，无论出现什么偶然的、突发的过失，从心理学角度讲，都有它的必然性、自发性。

　　过失、屈辱和失落对我们来说并不可以百分之百地避免，但是我们应该避免这些事情破坏和改变人性，这也是避免心理疾病出现的目的。

成熟

是明亮而不刺眼的光辉

　　成熟是一种明亮而不刺眼的光辉，一种圆润而不腻耳的音响，一种不再需要对别人察言观色的从容，一种终于停止向周围申诉求告的大气，一种不理会哄闹的微笑，一种洗刷了偏激的淡漠，一种无需声张的厚实，一种能够看得很远却又并不陡峭的高度。

　　不要因为害怕被别人误会而等待理解。现代生活各自独立、万象共存。东家的柳树矮一点儿，不必向路人解释本来有长高的可能；西家的槐树高一点儿，也不必向邻居说明自己并没有独占风水的企图。

　　做一件新事，大家立即理解，那就不是新事；出一个高招，大家又立即理解，那也不是高招。没有争议的行为，肯定不是创造；没有争议的人物，肯定不是创造者。任何真正的创造都是对原有模式的背离，对社会适应的突破，对民众习惯的挑战。如果眼巴巴地指望众人理解，创造的纯粹性必然会大大降低。平庸，正在前面招手。

　　回想一下，我们一生所做的比较像样的大事，连父母亲也未必能深刻理解。父母亲缔造了我们却理解不了我们，这便是进化。

　　人生不要光做加法。在人际交往上，经常减肥、排毒，才会轻轻松松地走以后的路。我们周围很多人，实在是被越积越厚的人际关系脂肪层堵塞住了，大家都能听到他们既满足又疲惫的喘息声。

微笑是岁月的影子

向往峰巅，向往高度，结果峰巅只是一道刚能立足的狭地。不能横行，不能直走，只享一时俯视之乐，怎可长久驻足安坐？上已无路，下又艰难，我感到从未有过的孤独与惶恐。世间真正温煦的美色，都熨帖着大地，潜伏在深谷。君临万物的高度，到头来构成了自我嘲弄。我已看出了它的讥谑，于是急急地来试探下山的陡坡。人生真是艰难，不上高峰发现不了什么，上了高峰抓住不了什么。看来，注定要不断地上坡下坡、下坡上坡了。

朋友 你拥有今天吗

随着日子一天天悄然流逝，我突然醒悟：过去的每一天都是逐渐逝去的今天，以后的每一天都是即将到来的今天。我们的日子原来都是无数个今天：昨天是过去的今天，今天是今天的今天，明天是未来的今天。

实际上，一个人一生中的每一天都曾属于过今天，都曾从今天走过，都不能跨越今天，都不能没有今天。一年365天，哪一天不曾从一个个今天出发；一生成千上万个日子，都是由一个个今天组成的。

今天再美好、再快乐、再悲伤、再沮丧，别人也无法分享或分担，因为这是你自己的今天。人人都有今天，但人人的今天都不相同。别人的今天代替不了你的今天，你的今天却胜过无数个别人的今天。

今天最珍贵，今天也最容易失去。丢弃一个今天，你会说不要紧，还有下一个今天；丢弃又一个今天，你仍会说还有下一个今天，因为你总觉得以后还会有无数个今天。虽然以后还会有无数个今天，但那已经不是今天的那个今天了。

今天无法重复，也不能复制，因为它是独一无二的今天。正如今天是2009年1月1日，今天过去了，世上还会再有2009年1月1日这一天吗？恐怕今生今世，千秋万代，永远也不会再有这个今天了！

今天不会被别人偷走，也不会被什么窃去，偷走它、丢失它的恰恰是你自己。用后悔、埋怨来对待今天，你等于又失去了一个今天。

今天是存折，今天不存上钱，明天怎会得到利息；今天是种子，今天不下种，明天怎会开花结果；今天是约会，今天不播撒爱，明天怎会收获幸福？

今天美好的希望，虽然也要到明天才能实现，可希望的幼苗必须今天将它栽下。否则，希望再美好，明天收获的也只能是失望。

今天虽平凡，可它却是一块块金砖，垫高了你的明天；今天虽普通，可它却是一条条小溪，聚满了你的明天；今天虽不起眼，可它却是一簇簇篝火，染红了你的明天……

昨天再美好，但是已经过去；明天再绚丽，但是还没到来。一个今天胜过三个昨天，三个明天不如一个今天。一个美好的今天更胜过许多个美好的昨天和明天。

把昨天、今天、明天一起放在天平上，今天最重；你、我、他的今天，前一个与后一个今天，却有重有轻。"今天"两个字虽然简单，但足够你书写一生。把一生中的每一天都当做今天的人，相信他的每一天都会成为"金"天。

冬天 来了，春天更远

Dong Tian Lai Le Chun Tian Geng Yuan

一个有关春天的故事。

一朵亭亭睡莲，池中静绽，灿烂而迷人。暖洋洋的春日午后，飞来一只红蜻蜓，落在莲美丽的花瓣上。蜻蜓因莲的绚丽而驻足，莲呢，因蜻蜓的到来而更灿烂。它们就这样度过了一个温馨而浪漫的下午。然后，红蜻蜓飞走了，越飞越远……

后来呢？耐不住我的一再追问，朋友叹口气，你非要知道后来，那我告诉你……

后来，红蜻蜓又飞回来了。可是，莲花已经凋谢，生命已经结束。朋友说着，眼睛里泪光闪动。

人和花一样，只有一个春天，只有一次花期。错过花期的花，不

103

微笑是岁月的影子

是季节的无意，就是被季节无情地伤害。

冬天来了，春天就不远了吗？岁月变迁，逝者如川，季节轮回的春天，还会是那一个春天吗？春天故事的主人公，还会是那两个不变的身影吗？

人不可能两次踏入同一条河流，也不可能两次走进同一个春天。

冬天来了，春天更远。春天，是对另一个春天的终结。

如果花开是一种幸福，那么幸福只有一个春天；如果雪飘是一种幸福，同样，幸福也只有一个冬天。

没有永恒的冬春，只有永恒的季节。

冬天来了，春天更远。冬天的记忆，让春天的逝去更彻底。

"面朝大海，春暖花开"的海子，终没有等来"春天，十个海子全都复活"。诗歌没有第二个春天，诗人也没有第二个海子。这是诗歌时代的春逝。

春天，无法复制。

"若到江南赶上春，千万和春住。"惜春词人的几多叮咛，道出了一个淳朴的真理："有花堪折直须折，莫待无花空折枝。"

等待的春天，只会更远。

何谓君子

He Wei Jun Zi

大家读《论语》会发现，这里面经常出现一个词——君子。我们直到今天还常常将其作为做人的一个标准，说某某人非常君子。但是究竟什么是君子呢？

"君子"是孔夫子心目中理想的人格标准，一部短短一万多字的《论语》，"君子"这个词就出现了一百多次。

我们把孔子对于君子所有的言语，界定，描述总结在一起，会发现，大概做一个君子要有几个层次上的要求。

做一个善良的人。这是君子的首要标准。

君子的力量始自人格与内心。他的内心完满，富足，就先完成了自我修养，而后表现出来一种从容不迫的风度。

司马牛曾经问过孔夫子，什么样的人才能够称为君子呢？

孔子答曰："君子不忧不惧。"

司马牛又问："不忧不惧，就可以叫君子吗？"

他可能觉得这个标准太低了。

孔子说："反躬自省，无所愧疚，当然没有什么可忧可惧的。"

我们把孔夫子的意思转换成老百姓的话来说，就是"只要不做亏

微笑是岁月的影子

心事，半夜不怕鬼敲门"。

　　一个人反省自己的行为，而能够不后悔，不愧疚，这个标准说低也低，我们每个人都可以做到，说高就是个至高无上的标准。大家想想，要使自己做过的每件事都禁得住推敲，实在又是极不容易的事。所以孔子才把它作为君子的人格标准。

胡杨树

的三千年情怀

Hu Yang Shu De San Qian Nian Qing Huai

　　沙漠中的胡杨树，是名副其实的英雄树！一棵胡杨树，能牢固一亩沙地，成片的胡杨林，则能挡住风狂沙飞。狂风漫卷的时节，飞扬的黄沙被胡杨树的柔枝嫩叶慢拨轻扫，便散落于树下，脚下的黄沙愈积愈高，胡杨树却益发向上，傲视身旁的沙丘……胡杨树给荒凉的沙漠，印证生命，带来希望。在有胡杨树的沙漠地带，芨芨草、骆驼刺、旱芦苇、红柳树会相继前来投靠，交织出一片翠绿，洋溢着生命的欢欣！

　　胡杨树的根扎得很深很深，透过干燥的沙层扎根于热土，那热土层有水分，有养分，胡杨树善于吸取，善于利用，因此，经历风沙冰雪的考验，便更加遒劲苍挺，直指云霄……

　　胡杨树苍挺粗壮的树干显得刚强不阿，枝丫曲折向上，纤纤细枝如杨枝钻天。树叶却易变，幼时细长如线，年少如柳叶，壮年如小扇，面底同色，绿翠翠，密匝匝。在寂寂的荒漠里，株株胡杨树疏而不密地分头站立着，姿态各异，如炬、如伞、如盖、如云，俨似哨兵，煞像卫士，年年月月，日日夜夜，守护着沙漠。那份热诚、那份坚贞、那份毅力，令人肃然起敬！

微笑是岁月的影子

英雄也会落泪。胡杨树如果被折断，将会树汁四溅，人们又称其为"眼泪树"，那眼泪是喷射式的，那是无声的紧急劝告，是气愤的抗争，而不是哀伤的表露！因此人们不敢也不愿轻易地折挠胡杨树。

胡杨树是二千五百万年前由热带、亚热带辗转来到新疆一带的，它是如何移居新疆的呢？那时还没有人类，可以肯定是由禽兽移植的，一种是由飞禽叼籽播种，一种是由走兽衔枝移植。胡杨树具有惊人的抗干旱能力、御风沙魄力、耐盐碱恒力，生长繁殖于沙漠之中，与土地生死相酬，令风沙难肆虐，使沙漠变绿洲。

人们热爱胡杨树，呵护胡杨树，不折挠它，不砍伐它，任其生长，使其尽忠千年职守……悠悠一千年间，胡杨树矫矫挺挺、郁郁苍苍，人们衷心赞美它："生而不死一千年！"

当胡杨树颐养天年后含笑长逝，尽管叶已零散尽落，躯体枯干成柴，但仍以一份执着、一缕幽思，化为千年精灵，"死而不倒一千年"！

活着站一千年并不难，那是生命的旺盛、茁壮；生命萎蔫了，失去绿叶，失去风采，随着时间的推移，枯枝逐渐干裂、败落，树干也逐渐皲裂，但仍昂然屹立一千年！谈何容易？

当胡杨树的基根断裂，树干失去支持而轰然倒地时，虽然身已干枯，但停止跳动一千年的心仍有温热，它要伴随保护过它的热土再度一千年，"倒而不朽一千年"！

胡杨树与沙漠脉脉相依，息息相关，生在沙漠，死在沙漠，倒在沙漠，纵使叶已尽，身已枯，也要献给沙漠，那是缠缠绵绵的痴爱，也是轰轰烈烈的爱恋，更是坦坦荡荡的忠诚！

人生三境界

人生有三重境界，这三重境界可以用一段充满禅机的语言来说明，这段语言便是：看山是山，看水是水；看山不是山，看水不是水；看山还是山，看水还是水。

这就是说一个人的人生之初纯洁无瑕，初识世界，一切都是新鲜的，眼睛看见什么就是什么，人家告诉他这是山，他就认识了山，告诉他这是水，他就认识了水。

随着年龄渐长，经历的世事渐多，就发现这个世界的问题了。这个世界问题越来越多，越来越复杂，经常是黑白颠倒，是非混淆：无理走遍天下，有理寸步难行；好人无好报，恶人活千年。进入这个阶段，人是激愤的，不平的，忧虑的，疑问的，警惕的，复杂的。人不愿意再轻易地相信什么。人这个时候看山也感慨，看水也叹息，借古讽今，指桑骂槐。山自然不再是单纯的山，水自然不再是单纯的水。一切的一切都是人的主观意志的载体，所谓好风凭借力，送我上青云。一个人倘若停留在人生的这一阶段，那就苦了这条性命了。人就会这山望了那山高，不停地攀登，争强好胜，与人比较，怎么做人，如何处世，绞尽脑汁，机关算尽，永无满足的一天。因为这个世界原本就是圆的，人外还有人，天外还有天，循环往复，绿水长流。而人的生命是短暂的、有限的，哪里能够去与永恒和无限计较呢？

许多人到了人生的第二重境界就到了人生的终点。追求一生，劳碌一生，心高气傲一生，最后发现自己并没有达到自己的理想，于是抱恨终生。但是有一些人通过自己的修炼，终于把自己提升到了第三重人生境界。茅塞顿开，回归自然。人这个时候便会专心致志做自己应该做的事情，不与旁人有任何计较。任你红尘滚滚，我自清风朗月。面对芜杂世俗之事，一笑了之，了了有何不了。这个时候的人看山又是山，看水又是水了。

正是："人本是人，不必刻意去做人；世本是世，无须精心去处世"，便也就是真正的做人与处世了。

人生
不售回程票
Ren Sheng Bu Shou Hui Cheng Piao

"来去匆匆，忘了感受。"

这是一句著名的诗，它表达了一种深深的遗憾：想感受时才发现错过了机会，而有机会时又偏偏忘了感受！

不妨让我们看看某些"风流倜傥"的年轻人。他们特别奢侈，虽然自己挣不了几个钱，挥霍起父辈的钱财来却颇为"慷慨"；他们明明是不爱学习的精神"乞丐"，却偏要学着金钱"贵族"的样，呼朋引伴，在酒店里吆五喝六地猛喝，在舞厅里昏天黑地地猛跳，在牌桌上夜以继日地猛玩！他们觉得挺潇洒，他们笑得挺轻松，却全然不知自己正在白白地浪费着人生的春天！

自然，等到把青春挥霍完了，他们才突然发现：自己一无所有！

他们挺后悔，因为他们终于恍然大悟：有志者们用出色的拼搏装点着青春，感受到了青春的亮丽；可自己用没完没了的玩乐演绎着没完没了的浅薄！

有志者们的生活很充实，有志者们的笑很灿烂——人家丰收了，

微笑是岁月的影子

成功了，凭什么不笑！可自己过得轻飘飘的、空洞洞的——没有丰收，没有辉煌，即便能笑，那笑也是平庸的，苍白的，肤浅的！

啊，青春真美，春天真美！可自己偏偏忘了感受青春，偏偏忘了在春光里播种！

真想再年轻一次！可是，人生已不再售回程票！

什么叫后悔？这就是后悔！

那么，我亲爱的青年朋友，你有没有白白地挥霍过自己的青春？

想不想笑得美点？那就记住，空洞的笑肯定不美！

千万别为了玩得开心才活着，生活中有的是比玩儿更重要的内容！

疼痛，
是青春必须的一步

之前，我并不看好他。他太虚夸，而且带着"80后"的那种放浪，何况，他辜负了我喜欢的一个女子。

可是那天，他感动了我。

他是谢霆锋，一个正如日中天的歌手、演员，之前，我并不喜欢他，因为他看起来有几分轻浮，甚至带着几分浪子的放荡。

可看完那个访谈，我知道，他，应该如此成功。

17岁，他出道，为替父亲还债，开始自己的演艺生涯。最初接演的片子是古惑仔系列。他和三百多人打打杀杀，因为太过入戏，他不小心踢到了废钢，脚受伤了，血顿时流了出来。

导演立刻喊停，然后要送他去医院。

他知道，这一去医院，势必要换人，他的星路也许从此就断了。

于是，17岁的他对导演说，三百多人找来不容易，耽误一天就是好多钱，我能坚持。

于是，他将酒精直接倒在伤口上，再将塑料袋穿进鞋子里面接血，继续拍摄。换了四个塑料袋，倒出四袋血，戏拍完时，他几乎晕倒。

送到医院，大夫说，再晚来一会儿，人就完了，而且，极有可能破伤风。为了给他缝针，大夫让他签生死状。

微笑是岁月的影子

在大夫给他缝针时，他就那样看着，不喊、不叫、不哭，没有打麻药，就那样一针一针地缝着。一个17岁的少年，知道自己面对的会是怎样的人生。他说，哭是没有用的。

最后一针，他对大夫说："我来缝!"

大夫看着他，他居然笑了："没有尝试过的人生，我都想尝试一下。"

这句话多么豪迈，在场的人居然震惊了，因为大夫说，如果熬不过去，他也只有四天的生命了，所以，他愿意尝试生命中不曾尝试的痛，他要给自己缝一针。

那是他的第一部电影，他得了金像奖的新人奖。

后来，他一直努力，不停地得奖。在得到金像奖之后，他曾经很飞扬跋扈地对父亲说："你演了一辈子戏，得过一个奖吗?"

父亲黯然。

他一直自认为是骄傲的、成功的，所以，那时的他难免轻狂了些。几年之后，当他恋爱了、结婚了、生子了，他才知道，父亲把他这么麻烦的孩子养大是多么不容易的事情。

这一次，他又得了百花奖。当主持人问他想对家人或朋友说什么话时，他再也控制不住自己，哭了。

多少年来，他没有哭过。被臭鸡蛋砸下台没有哭过，折断胳膊腿没有哭过，恋爱失败没有哭过，可是这次他哭了。

他说，如果再有机会得金像奖，他一定把那个奖杯送给父亲，然后谢谢父亲这么多年的爱和宽容。

是从给自己缝那一针开始，他知道，所有的明天全要靠自己拼，只有经历过风雨，才能看到彩虹。而他，也由一个少年成为香港的形象大使，历经十年，终成大器。

没有人会轻轻松松就成功，即便是名人的儿子。他付出的努力和艰辛都得到了回报。自己缝的那一针让他明白，疼痛，是青春必须的一步。

不懂得什么叫做 放弃

1941年的一个清晨，他的母亲正在为他准备早饭，一群荷枪实弹的警察突然闯进了他的家，砸碎了房间里面所有能够看得见的东西，并且给他的母亲戴上了手铐，因为他的母亲是反战联盟的一员，写了大量反对德国纳粹的文艺作品。

他哭泣着去拉母亲的衣角，希望能够和母亲一起被带走，可是蛮横的警察却推开了他，他的母亲对着他大声喊："不要哭！男孩子需要的是坚强，记住了，儿子！等着妈妈回来和你在一起，记住了，再苦再难都要等着妈妈。不能够放弃！记住了吗，儿子，活着就永远不能够放弃。"

母亲被带走了，只有四岁的他茫然地看着惨遭洗劫的家，他不知道自己今后的生活如何过，自己要等待母亲到什么时候。

他开始四处流浪，寒冷和饥饿不时光顾他的身体，他只能蹲在街头的一个角落里。碰巧这天运气好的话，他能够乞讨到一块面包充饥；如果运气不好，他只能拼命地喝水。这些还不是令他最痛苦的，最让他痛苦的是那些比他大的乞丐经常找各种理由欺负他，每当被人打得发晕的时候，他就想到死亡，但这时候母亲那双看着自己的眼睛就在脑子里面显现。他就对自己说："妈妈一定会回来的，妈妈一定会回来的，我不能够放弃！"

晚上睡在桥洞里的时候，他就会在心里呼唤自己的母亲："妈妈，你在哪里？"这个时候，他的母亲正躺在慕尼黑附近的达豪集中营里，已经被折磨得奄奄一息，他母亲的心里同样在想着他，并且也对自己说不能放弃！永远不能放弃！

终于，美国大兵打开达豪集中营的大门，从成堆的囚犯尸体中发现了他的母亲，并且迅速送往医院抢救。一个月之后，他的母亲刚刚恢复了一些体力就固执地要求出院，并且对医生说："我不能再住在这里了，我要去找我的孩子！"

四年，整整四年！他的母亲不知道能否寻找到他。他的母亲一个城市一个城市疯狂地找，最后在一个街头的角落，他和母亲同时认出了对方。但让母亲吃惊的是，快九岁的他，瘦得已经没有了人形，而且正发着高烧。母亲抓住他的手，他从嘴角挤出一丝微笑说："妈妈，我终于等到你了。"说完就晕了过去。

母亲把他抱到维罗纳的医院，医生都不敢相信，这个体重只有二十多斤的孩子竟然快满九岁了。严重的营养不足加上发烧正在摧毁着他的身体，他的母亲天天都拉着他的手在他耳边说："好儿子，妈妈回来了，我们不能够放弃，永远不能够放弃！"就这样他在维罗纳的医院躺了一个多月，终于缓过来了。

他的母亲从他住进医院的这一天，就决定了要带着他投奔在美国从事物理研究的哥哥，因为母亲不希望他未来的生活，再次出现颠沛流离。

在美国，他对学习展现了极大的热情，并且在哈佛大学取得生物博士学位，开始了人类遗传学和生物学的研究。

也许因为幼年时那段苦难生活的滋养，即使在自己的研究工作中遇到天大的困难，他都从来没有产生过放弃的念头。

他就是2007年诺贝尔奖获得者，美国犹他大学医学院人类遗传学与生物学杰出教授——马里奥·卡佩奇，人们在他获得诺贝尔奖后采访他，他笑着对采访他的人说："我为什么成功，就因为我从来都不懂得什么叫做放弃！"

微笑是岁月的影子

我在

Wo Zai

记得是小学三年级，偶然生病，不能去上学，于是抱膝坐在床上，望着窗外寂寂青山、迟迟春日，心里竟有一份巨大幽沉至今犹不能忘的凄凉。当时因为小，无法对自己说清楚那番因由，但那份痛，却是记得的。

为什么痛呢？现在才懂，只因你知道，你的好朋友都在那里，而你偏不在，于是你痴痴地想，他们此刻在操场上追追打打吗？他们在教室里挨骂吗？他们到底在干什么啊？不管是好是歹，我想跟他们在一起啊！一起挨骂挨打都是好的啊！

于是，开始喜欢点名。大清早，大家都坐得好好的，小脸还没有开始脏，小手还没有汗湿，老师说："×××""在！"正经而清脆，仿佛不是回答老师，而是回答宇宙乾坤，告诉天地，告诉历史，说，有一个孩子"在"这里。

回答"在"字，对我而言总是一种饱满的幸福。然后，长大了，不必被点名了，却迷上旅行。每到山水胜处，总想举起手来，像那个老是睁着好奇圆眼的孩子，回一声："我在。""我在"和"某某到此一游"不同，后者张狂跋扈，目无余子，而说"我在"的仍是个清晨去上学的孩子，高高兴兴地回答长者的问题。

其实人与人之间，或为亲情或为友情或为爱情，哪一种亲密的情谊不是基于我在这里，刚好，你也在这里的前提？一切的爱，不就是"同在"的缘分吗？就连神明，其所以神明，也无非由于"昔在、今在、恒在"，以及"无所不在"的特质。而身为一个人，我对自己"只能出现于这个时间和空间的局限"感到另一种可贵，仿佛我是拼图板上扭曲奇特的一块小形状，单独看，毫无意义，及至恰恰嵌在适当的时空，却也是不可少的一块。天神的存在是无始无终、浩浩莽莽的无限，而我是此时此际此山此水中的有情和有觉。

读书，也是一种"在"。

有一年，到图书馆去，翻一本《春在堂笔记》，那是俞樾先生的集子，红绸精装的封面，打开封底一看，竟然从来也没人借阅过，真是"古来圣贤皆寂寞"啊！心念一动，便把书借回家去。书在，春在，但也要读者在才行啊！我的读书生涯竟像某些人玩"碟仙"，仿佛面对作者的精魄。对我而言，李贺是随召而至的，悲哀悼亡的时刻，我会说："我在这里，来给我念那首《苦昼短》吧！念'吾不识青天高，黄地厚，唯见月寒日暖，来煎人寿'。"读那首韦应物的《调笑令》的时候，我会轻轻地念："胡马胡马，远放燕支山下。跑沙跑雪独嘶，东望西望路迷。迷路迷路，边草无穷日暮。"一面觉得自己就是那从唐朝一直狂驰至今不停的战马，不，也许不是马，只是一股激情，被美所迷，被莽莽黄沙和胭脂红的落日所震慑，因而心绪万千，不知所止的激情。

《旧约·创世记》里，堕落后的亚当在凉风乍至的伊甸园把自己藏匿起来。上帝说：

"亚当，你在哪里？"

他嗫而不答。

如果是我，我会走出，说："上帝，我在，我在这里，请你看着我，我在这里。不比一个凡人好，也不比一个凡人坏，我有我的道逊祥和，也有我的叛逆凶戾，我在我无限的求真求美的梦里，也在我脆弱不堪一击的人性里。上帝啊，俯察我，我在这里。""我在"，意思是说我出席了，在生命的大教室里。几年前，我在山里说过的一句话容许我再说一遍，作为终响："树在，山在，大地在，岁月在，我在，你还要怎样更好的世界？"

你拿十年做什么

我有一位65岁的老大姐，早年研究中医药，后来办企业开发产品，积攒起数目不小的财富之后，她又将其用于公益事业，投资兴建了一所又一所老人公寓。

她是独身。当我问起她取得这一切的原因，她说自己的生命中有一个关键人物，曾经对她说过一句关键的话。

二十多岁时，当小学教师的她，漂亮、温和、单纯，日复一日，享受着来日方长的幸福宁静的日子，但不幸的是她却得了一种被认为无法治好的病。医生断言，她最多只能活十年。

十年，用来做什么？

她为自己制订了一个十年计划，利用所有的闲暇和寒暑假，学习中医，上山采药。十年过去，经过中草药的调理，她欣喜地发现，自己的生命，进入了第二个十年。

第二个十年，用来做什么？

她想自己前十年的积累，丢弃了也可惜，何不编成一本书，让病友们共享。于是，她利用所有的闲暇和寒暑假，参阅前人著作，结合亲身体会，当又一个十年过去时，她写出了很有价值的一本书。

她没想到自己能活到第三个十年，又遇上了改革开放。于是，她利用这第三个十年开办企业，做了番轰轰烈烈的事业，许多她开发的产品申请了专利，用来造福人类。

别人的日子是怎么安排的她不清楚，她只知道自己的岁月，的确是按照十年来谋划的。

每当新的十年来临，她就像开始了新生的人，会有全新的计划。

第四个十年，她也不年轻了，就转向投资老人公寓，现在，她已建设了不同档次的老人公寓五所，第六所正在筹备中。

我说，看来是那个医生的断言，成就了你今天的事业。

让我没想到的是，她一直自信而乐观的脸上，忽然流露出无限的忧伤。

她说是的，他的断言让我只敢制订十年计划。因为只有十年，我不想拖累别人，所以我做不了妻子；因为只有十年，我无法抚养大一个孩子，所以我做不了母亲。她潸然泪下……

微笑是岁月的影子

喜悦

Xi Yue

在美国西海岸边境城市圣迭戈的一家医院里，常年住着因外伤全身瘫痪的威廉·马修。当阳光从朝南的窗口射入病房时，马修开始迎接来自身体不同部位的痛楚的袭击——病痛总是早上光临。在将近一个小时的折磨中，马修不能翻身，不能擦汗，甚至不能流泪，他的泪腺由于药物的副作用而萎缩。

年轻的女护士为马修所经受的痛苦以手掩面，不敢正视。马修说："钻心的刺痛固然难忍，但我还是感激它——痛楚让我感到我还活着。"马修住院的头几年，身体没有任何感觉，没有舒适感也没有痛楚感。在医生的精心治疗下，有一部分神经已经再生，每天早上向中枢神经发出"痛"的信号。

在痛楚中发现喜悦，这在一般人看来简直荒唐。但置身马修的处境，就知道这种特定的痛楚不仅给他带来了喜悦，而且带来了希望。当然一个重要前提在于，马修是一个意志坚强的人。过去，马修经历过无数没有任何知觉的日月。如果说，痛楚感是一处断壁残垣的话，无知觉则是死寂的沙漠。痛楚感使马修体验到了存在、时间、身体的归属，从某种意义说，这甚至是一种价值体现——医疗价值与康复价值。

当然，马修不是病态的自虐狂，他把痛楚作为契机，进而康复，享受到正常人享有的所有感受。谁也不能保证可怜的马修能获得这一天，但他和医生一起朝这个方向努力，因而他盼望痛楚会在第二天早晨如期到来。

马修的故事令我们震惊，它至少使人感到我们对自己的拥有太挥霍了。喜悦不止于饮食男女，甚至藏在一阵钻心的痛楚里。痛楚向你指出了生，难道生不是一种喜悦吗？可见平时我们对幸福的标准制定得太苛刻太狭隘了，以至于使自己常常享受不到幸福。在感官享受方面，人们强调外物的作用，如金钱。这种认知方式无可非议，但也有一点点不宽容，妨碍我们获得完整的人生。是不是在愉悦与金钱之外，人生就没有意义呢？何不建立一种无需踮脚就够得着、能够全额享受的人生？除了愉悦与金钱之外，还包括信仰、平静、发现、施予、悠闲等平凡朴素的喜悦，即扩大喜悦的疆域，使自己常常幸福。马修的喜悦实际是一种发现的喜悦，虽然仍要以忍受为代价，而拥有的含义更宽广，除了物质因素外，拥有健康的肢体、自由的思想、新鲜空气、观察、倾听与阅读。在这些见惯不惊状态的后面，事实上由坚强有力的身心平衡来支撑。无痛楚，证明了这种平衡的珍贵。马修告诉我们，所谓幸福绝不是单一的东西。你不能想象一种没有不适，全是愉悦的人生。

微笑是岁月的影子

伤痛与力量

Shang Tong Yu Li Liang

有时候，伤口是我们第一次认识生活的地方。伤痛给我们以智慧，比任何知识更能让我们懂得如何更好地生活；伤痛使我们看清自己，看清那真实却出乎意料的生活。

爷爷一生中给我讲过许多故事，他讲的最后一个故事，我印象最深。一天，一个叫雅各的人走了很远的路，他来到河边迷失了方向。黑暗来临，他只好先停下来，露宿一晚。半夜里，他忽然惊醒，发现自己被一双强健的胳膊抓住，倒在地上动弹不得。天太黑，他看不清敌人，只能感受到对方强大的力量。雅各使出浑身力气，企图挣脱。

"这是个噩梦吗，爷爷？"我满怀希望地问道。当时我饱受噩梦的困扰，只得整夜亮着灯睡觉。爷爷没有回答，只是接着说："这个故事发生在很久以前。当时雅各触不到偷袭者衣服的布料，也闻不到他的气息，只能感受他强大的力量。雅各虽然很强壮，但是仍不能制服对方。他们激烈地搏斗着。最后雅各昏死了过去。"

"他们搏斗了多久，爷爷?"我有些焦急地问。

"很久很久，孩子，"爷爷答道，"但是黑夜总有尽头，最后黎明到来了，雅各醒来后，发现自己腿部有一处很深的伤口，他疼痛难忍，无法继续行走。"

"真可怜，那么他后来怎么样了呢?"我担心地问爷爷。

爷爷笑着对我说："这时，很神奇的事情发生了。一个天使来到了雅各的身边，天使在他的伤口处触摸了一下。"这我能理解，我自己受伤时妈妈也经常这样做。

"帮助伤口恢复，是吗?"但爷爷摇摇头说，"不是的，孩子。他是为了让雅各记住这处伤口。雅各将终生带着这个伤痕，这是他保存记忆的地方。"

这个故事令我迷惑不解，天使难道不是用来抚平人的伤痛吗，怎么会故意留下这个疤痕让人永远记住呢? 但是爷爷说这样的事经常发生。"但这并不是故事的要点。故事的核心在于，任何事物中都有对你的祝福。"

在他去世前一年，爷爷一遍又一遍地讲述这个故事。八九年后，在一个深夜，潜伏在我体内长达45年的疾病，以最戏剧化的形式宣告了它的存在。没有任何预兆，我体内大量地出血。在昏迷中我被送往医院，在那里待了好几个月。很多年后我仍能看到自己的伤口，看到它我就能想起自己和病痛斗争的艰苦岁月。

也许爷爷在临近生命终点的时候，把这个故事作为人生的罗盘留给了我。也许故事的哲理就在于，以最大的勇气，去面对你所遭遇的命运，永不放手，直到从中找到那无所不在的、未知的力量。

微笑是岁月的影子

一个 美丽 的故事

Yi Ge Mei Li De Gu Shi

有个塌鼻子的小男孩儿，因为两岁时得过脑炎，智力受损，学习起来很吃力。打个比方，别人写作文能写二三百字，他却只能写三五行。但即便这样的作文，他同样能写得美丽如花。

那是一次作文课，题目是"愿望"。他极其认真地想了半天，然后极其认真地写。那作文极短，只有两句话："我有两个愿望，第一个是妈妈天天笑眯眯地看着我说：'你真聪明。'第二个是老师天天笑眯眯地看着我说：'你一点也不笨。'"

于是，就是这篇作文，深深地打动了他的老师。那位老师不仅给了他最高分，在班上带着感情朗读了这篇作文，还一笔一画地批道："你很聪明，你的作文写得非常感人。请放心，妈妈肯定会格外喜欢你的，老师肯定会格外喜欢你的，大家也肯定会格外喜欢你的。"

捧着作文本，他笑了，蹦蹦跳跳地回家了，像只喜鹊。但他并没有把作文本拿给妈妈看，他是在等待，等待着一个美好的时刻。

那个时刻终于到了，是妈妈的生日，一个阳光灿烂的星期天。那天，他起得特别早，把作文本装在一个亲手做的漂亮的大信封里，信封上画着一个塌鼻子的男孩儿，那小男孩儿咧着嘴笑得正甜。他静静地看着妈妈，等着妈妈醒来。妈妈刚刚睁眼醒来，他就甜甜地喊了声"妈妈"，然后笑眯眯地走到妈妈跟前说："妈妈，今天是您的生日，我要送您一件礼物。"

妈妈笑了："什么？"

他笑笑："我的作文。"说着双手递过来那个大信封。

接过信封，妈妈的心在怦怦地跳！

果然，看着这篇作文，妈妈涌出了两行热泪，然后一把搂住小男孩儿，搂得很紧很紧，仿佛他会突然间飞走。

微笑是岁月的影子

与树同饮

很喜欢树。

我愿意和每一棵树一起饮酒，称兄道弟。在月下，它会把影子移到我身边，和我一道席地坐下，匍匐在酒的波澜中；我也会把酒倾倒在它的根底，看它临风摇曳饮得如痴如醉。酒至微阑时，它从半空将一滴清露滴落在我空空的杯子里，激起一声山水俱静的回响，我则报之以一阵笑吟。我有啸歌，它有水韵。

此时，月亮在天上如白驹过隙般地呼呼飞过，风一样的光芒，千百年地照耀着山冈、河流、屋顶和行人。透过明澈的酒杯，我却看到它只是在慢吞吞地行走。天马行空，依然神闲气定；激水千里，却仍停在小洲的咫尺之远处，像一个迷醉在一片花坞酒坊的游客。我和树也这样跟随着月亮游走，只是我有时慢悠悠原地打转，有时四处飞跑，乱作一团。只有在微醉的时候，才能和树并行着走。当树一寸寸地移到我的窗口，将树影覆盖在我临窗的床上时，我就收拾好一地的杯盘狼藉，去睡觉了。我知道这又是一个酣然入梦的夜晚。

乡间的流水，如一件狭长的器皿，盛着一碟春光。几棵三五成群的野树，总会在两岸停下来，把脚伸到水中。这时，我也想在它们中间坐下，把双脚伸到流水中，在夕阳和水的倒映中和树混成一片清澈的黑影，随波荡开，难以分辨。河风把稻麦的香味，从河流拐弯处的山谷带来，吹得一座村子酒香四溢。我就会恍惚觉得自己也是一棵树。

在一棵树的旷野行走，风吹过时，掀起我的衣襟。树也簌簌作响，像是一问一答。我知道，我的问题，树是唯一的回答者，而不会是粗粝的石壁或空旷的远方。我总是以为自己在孤独地行走，直到遇到一棵旷野的树，我和它就像两颗墨绿的点，一棵在前方原地站着，一棵缓慢地蠕动，远处的旁人看来，也会错以为是一个人在等身后落下的另一个人。

每一棵树的内部都藏着一条向上的河流，源头是土地，细小的根须，归宿是每一片叶脉和茫茫流淌的风。我能听到它们潮起潮落的声音、每一声蝉鸣的渔歌、绚丽的阳光打响叶片上的粼粼波光与水声。我还从别人刀斧的暴戾中，看到它们被切断的层层荡漾开的波纹，他们说那是年轮，那么美丽的年轮，以一种独具涛意的弧度在斗转星移下蔓延开来。虚怀若谷，万籁俱寂。一棵树的河流被切断，另一条与之对应的河流就会变得瘦削羸弱。我总是固执地认为，木纹中的那条河流，几乎是万物之源，润泽每一片家园，也将一股剔透凛冽的醇香，倾落入我的酒盅。

我深爱的树，它们那么喜欢阳光大风。留恋故土，淡泊宁静，却又朝着每一处虚空伸出不屈的剑戈。那是在秋天。在春深似海的季节。它们又举起千万盏花朵的酒盅，自斟自酌，临风而醉。

如此潇洒从容，在我倾心的远方。我也是这样。

微笑是岁月的影子

静音
Jing Yin

我那饱受摧残的双耳，总隐隐作痛。

我不愿听到车轮呼啸而过的声音和尖锐的刹车声；不愿听到钢筋被机器切割时撕心裂肺的呻吟；不愿听到闹市区店铺门口大喇叭里传出的叫卖吆喝声；最不愿听到的，是出自两瓣鲜红嘴唇的恶劣低俗的脏话，无休止的咒骂、争吵与诋毁，以及搬弄是非的谣言。

我不愿听到的这一切，组成一曲名为"噪音"的交响曲。

树欲静而风不止，耳欲静而声不消。我心烦意乱。

我没能达到陶渊明"心远地自偏"的境界，也没有一代伟人毛泽东的功力，能在嘈杂的市井之地忘我地读书。我只是一介凡夫俗子。奈何？

我只好打开电视，百无聊赖地摁着遥控器。可电视似乎也存心与我作对，扯着嗓子播放广告。

我忍无可忍，只得用力摁下遥控器右上方画着小喇叭和一个叉的按键——"静音"。

电视节目立刻变成了哑剧。然而，屋内麻将牌撞击的声音怎么没有了，隔壁吵架砸东西的声音怎么消失了，楼下装修的敲击声怎么也停止了，还有马路上汽车引擎的发动声、鸣笛声都去哪儿了，难道整个世界都"静音"了吗，否则怎么会安静得如此绝对？

我的心渐渐归于平静，我忽然想起，似乎已太久没有听见自己心灵的声音了。

试想，每时每刻噪音都以高分贝去刺激、震撼每个人的耳膜，而我们不再敏感的耳朵又怎能听见心灵的轻柔歌唱和喃喃细语呢？有人说"境由心生"，可这样的境界又有几人能真正达到？也许，安静就像是一个终点，所有喧哗与吵闹，最终归于安静。

想到这里，我走向心爱的钢琴，渴望用音乐与心灵进行对话。

我轻轻闭上双眼，修长的手指在黑白相间的琴键上轻盈舞蹈。可是，一切都太安静了，没有美妙旋律，没有悠扬琴声……

我的手，突兀地停在半空中，不知所措。

没有了噪音的同时，是否意味着悦耳的乐音也不复存在，"两个黄鹂鸣翠柳"的婉转啼鸣，妈妈唤你小名时亲切的声音，孩子们银铃般的笑声都不复存在？

一次又一次地权衡，一次又一次地抉择，终于，我郑重地再次按下那个按键。

要知道，每一天，我们在享受着美好乐音的同时，也在忍受着嘈杂的噪音。那么，有没有一种平衡，在乐音与噪音之间？

倘若没有，我可否奢望每年会有那么一天，城市变得完全安静，车不开了，商店关门了，建筑工人休息了，我们静静地行走在这片土地上，感受着宁静，找回内心的平和……

微笑是岁月的影子

倾听滴水

我常常因幻觉中的滴水声响而惊悸。在睡梦中，在清醒的白天。

少年时为了复习迎考，我想出了一个方法（灵感来自悬梁刺股、凿壁偷光的勤学故事），在洗手间，我将水龙头关至仅能滴水的程度，下面摆放一只水桶。滴，嗒，滴，嗒，然后，我跑回房间，练字，背书。间或在凝神的瞬间，在绷紧的心思稍一松弛的瞬间，我便听见那滴水的声音在催促。我知道，这会儿，水桶底部已铺上一层水膜，且正以极难察觉的速度攀升。

乃至睡梦中，我也常被幻觉中的滴水声惊醒，猛然坐起，冲进洗手间，胡乱擦了把脸，又坐回书桌前，却两眼发懵，茫然无措。只好倒头又睡，总不敢睡深，半梦半醒之间，思维一片沉重的混浊。

而那滴水的声响却异常清晰，粒粒分明，坚定，固执，扣人心弦。

这滴水的声音就这样时时刻刻、无处不在地追逐着我。

你听，这滴水是有生命的。

将滴水控制在一秒钟两滴的速度，这水声听起来就像十六七岁的我，年轻，矫健，兴致勃勃，勇往直前，滴，滴，滴，滴，来不及看清什么，来不及后悔什么，细细密密的日子就这样快速地过去了；稍慢一些，就像中年的我，矜持，沉稳，稍作停留，但也来不及多想，被身后一大摊琐事杂务推着向前；再慢一些，那就是老年的我，慢慢地渗化出来，汇拢，凝聚，像一颗盈盈欲滴的泪，又像一颗思维的结晶体，饱满，丰硕，而后，"咚"的一声，落入耳膜，凝重、庄严，掷地有声，像一句古代的誓言。

这滴水的声音，是存在的宣告。而后，一切又归至于沉默的虚无。

你说，这一条波澜壮阔的历史长河，由多少颗这样微弱而真实的水滴汇成的呢？生命投入时间的长河，如一滴水跃入无边的汪洋。世间万物的历程，又与一滴水的生命有什么不同？我常常无言以对，滴水的责问。

这滴水落下的工夫，地球上，抑或宇宙间正上演着多少出剧目呢？这滴水之舟，究竟能承载多少的笑与泪，悲与喜，生离与死别？

一滴水，谁都可以掬之于掌心，然而，谁也无法掂出一滴水的分量，谁也无法将一滴水永远留住。

天地之间，万籁俱寂，唯有滴水声，如珠玑，如佛音，点点滴滴落心头。神龟虽寿，犹有竟时；腾蛇乘雾，终为土灰；君不见，黄河之水天上来，奔流到海不复回；君不见，高堂明镜悲白发，朝如青丝暮成雪……水滴，石穿，更何况是脆如蝉翼的生命！前不见古人，后不见来者，有多少智者，倾听滴水之声，浊心因此而明净，他们顿悟后的长叹落在历史之河中，激起滴水的层层回音，至今不绝如缕。

漫步田野，一颗颗露珠正凝于叶尖。无色，无声。一忽儿，太阳从地平线上升起，光芒四射。露珠们开始闪烁不定，窃窃流声，如忽明忽灭的萤火。光线慢慢移过来，移过来，在一个恰当的角度，聚集。瞬时，灵犀一点，心领神会，回应着阳光的这滴水珠便折射出炫目的颜色，赤，橙，黄，绿，青，蓝，紫。雍容富丽，金碧辉煌，如梦如虹……与平生的素朴纯净形成反差。

任何生命拥有的色彩它都拥有，一切大红大绿、大喜大悲，都消融其间，默默包涵，而自身却是剔透无比，通体明亮，这是一种何等气度的生存智慧？甚至，这一滴水的华美比之一颗罕世的钻石更无价，因其转瞬即逝，而更富有灵性，富有生命的绚丽的喧嚣，因而，美得异常触目惊心，无与伦比。

或许，这一滴水一生的期待，只为了这瞬间的辉煌？此时，谁敢鄙视，谁敢漠视，这一滴水的存在？此时，谁还能说，无色与沉默是一种苍白与单调？无色是白色，沉默是绝响。也许，人的一生，还不够用来守望滴水升腾为云的历程，但我不能不信奉这滴水之音。

我永远不再自怜自贱

我为成功而生，不为失败而活；

我为胜利而来，不为失败低头；

我要欢呼庆祝，不要啜泣哀诉。

可是，不知从何时起，我所有的梦都退色了，不知不觉中我也沦为平庸，和周围的人互相恭维着，自我陶醉着。人，识得破别人的骗术，却逃不脱自己的谎言。儒夫认为自己谨慎，而守财奴也认为自己是节俭的。没有什么比自欺欺人更容易的了，因为我们往往相信我们所希望着的事情。在我的生活中，没有哪一个比我自己更能欺骗我了。

为什么我总在试图用言语来掩盖自己的渺小，总在试图为自己减轻负担，又总在为自己的低能寻找托词。糟糕的是，我似乎已经相信了自己编造的借口，心安理得，得过且过，安慰自己比上不足比下有余。

不能再这样下去了！

当我终于明白的时候，我意识到，最可怕的敌人正是我自己。在那神奇的瞬间，自欺欺人的面纱从我眼前飘逝。

我终于明白，原来这世界上有三种人。第一种人从自己的经验中学习——他们是聪明的；第二种人从别人的经验中学习——他们是快乐的；第三种人既不从自己的经验中学习，也不从别人的经验中学

微笑是岁月的影子

习——他们是愚蠢的。

我不是蠢人，从此我要靠自己的双脚前行，永远抛弃那自怜自贱的拐杖。

我永远不再自怜自贱！

我曾经傻傻地站在路边，看着成功的人昂首而过，富有的人阔步而行，心里生出许多渴慕。我不止一遍地想过，是否这些人具备一些我所没有的天赋，比如说独特的技能，罕见的才智，无畏的勇气，持久的抱负，以及其他一些出众之处？是否他们比我更具同情心与爱心？不！上帝从不偏心，我们是用同样的黏土捏成的。

我终于明白，并非只有我的生活才充满悲伤和挫折，即使最聪明最成功的人，也同样遭受一连串的打击与失败。这些人和我不同之处仅仅在于，他们深深知道：没有纷乱就没有平静；没有紧张就没有放松；没有悲伤就没有欢乐；没有奋斗就没有胜利，这是我们生存所要付出的代价。起初，我还是心甘情愿，毫不迟疑地付出这种代价，但是接二连三的失望与打击，像水滴穿石一样，侵蚀着我的信心，摧毁了我的勇气。现在，我要把这一切都置之度外，我不再是行尸走肉，躲在别人的阴影下，在无数的辩解与托词中，任时光流逝。

我永远不再自怜自贱！

我终于明白，耐心与时间甚至比力量与激情更为重要。年复一年的挫折终将迎来收获的季节。所有已经完成的或者将要进行的，都少不了那孜孜不倦、锲而不舍、坚韧不拔的拼搏过程。这种过程是一点一滴的积累，步步为营的拓展，循序渐进的成功。

成功往往转瞬即逝，昨夜才来，今晨又去。我期待着一生的幸福，因为我终于悟出藏在坎坷命运后的秘密。每一次的失败，都会使我们更加迫切地寻找正确的东西；每一次从失败中得来的经验教训，都会使我们更加小心地避开前方的错误。就这种意义而言，失败是通往成功的道路。这条路，尽管洒满泪水，却不是一条废弃之路。

我永远不再自怜自贱！

感谢上帝为我安排了这一切，并把这珍贵的羊皮卷交到我的手中。我终于认识到，生命最低落的时候，转机也就要来了。

我不再悲痛地追忆过去，过去的不会再来。在这些羊皮卷的启示下，我把握现在，努力向前，在邂逅神奇的未来。没有恐惧，没有疑虑，没有失望，对我而言，有志者事竟成。

我永远不再自怜自贱。

微笑是岁月的影子

我离开史铁生以后

有生物学家说：整个地球，应视为一个整体的生命，就像一个人。人有五脏六腑，地球有江河林莽、原野山峦。人有七情六欲，地球有风花雪月、海啸山崩。人之欲壑难填，地球永动不息。那生物学家又说：譬如蚁群，也是一个整体的生命，每一只蚂蚁不过是它的一个细胞。那生物学家还说：人的大脑就像蚁群，是脑细胞的集群。

那就是说：一个人也是一个细胞群，一个人又是人类之集群中的一个细胞。那就是说：一个人死了，正像永远的乐曲走过了一个音符，正像永远的舞蹈走过了一个舞姿，正像永远的戏剧走过了一个情节，以及正像永远的爱情经历了一次亲吻，永远的跋涉告别了一处村庄。当一只蚂蚁（一个细胞，一个人）沮丧于生命的短暂与虚无之时，蚁群（细胞群，人类，乃至宇宙）正坚定地抱紧着一个心醉神痴的方向——这是唯一的和永远的故事。

我离开史铁生以后史铁生就成了一具尸体，但不管怎么说，白白烧掉未免可惜。浪费总归不好。我的意思是：

①先可将其腰椎切开，到底看看那里面出过什么事——在我与之朝夕相处的几十年里，有迹象表明那儿发生了一点儿故障，有人猜是硬化了，有人猜是长了什么坏东西，具体怎么回事一直不甚明了。我答应过医生，一旦史铁生撒手人寰，就可以将其剖开看个痛快。那故障以往没少给我捣乱，但愿今后别再给"我"添麻烦。

②然后再将其角膜取下，谁用得着就给谁用去，那两张膜还是拿

得出手的。其他好像就没什么了。剩下的器官早都让我用得差不多了，不好意思再送给谁——肾早已残败不堪，血管里又淤积了不少废物，因为吸烟，肺必是脏透了。大脑么，肯定也不是一颗聪明的大脑，不值得谁再用，况且这东西要是还能用，史铁生到底是死没死呢？

上述两种措施之后，史铁生仍不失为一份很好的肥料，可以让它去滋养林中的一棵树，或海里的一群鱼。

不必过分地整理他，一衣一裤一鞋一袜足矣，不非是纯棉的不可。物质原本都出于一次爆炸。其实，他曾是赤条条地来，也该让他赤条条地去，但我理解伊甸园之外的风俗，何况他生前知善知恶欲念纷纭，也不配受那园内的待遇。但千万不要给他整容化妆，他生前本不漂亮，死后也不必弄得没人认识。就这些。然后就把他送给鱼或者树吧。送给鱼就怕路太远，那就说定送给树。倘不便囫囵着埋在树下，烧成灰埋也好。埋在越是贫瘠的土地上越好，我指望他说不定能引起一片森林，甚至一处煤矿。

但要是这些事都太麻烦，就随便埋在一棵树下拉倒，随便撒在一片荒地或农田里都行，也不必立什么标识。标识无非是要让我们记起他。那么反过来，要是我们会记起他，那就是他的标识。在我们记起他的那一处空间里甚至那样一种时间里，就是史铁生之墓。我们可以在这样的墓地上做任何事，当然最好是让人高兴的事。

顺便说一句：我对史铁生很不满意。

我对史铁生的不满意是多方面的。身体方面就不苛责他了吧。品质方面，现在也不好意思就揭露他。但关于他的大脑，我不能不抱怨几句，那个笨而又笨的大脑曾经把我搞得苦不堪言。那个大脑充其量是个三流大脑，也许四流。以电脑作比较吧，他的大脑顶多算得上是"286"——运转速度又慢（反应迟钝），贮存量又小（记忆力差），很多高明的软件（思想）他都装不进去（理解不了）——我有多少个好的构思因此没有写出来呀，光他写出的那几篇东西算个狗屁！

很高兴，我没有

Hen Gao Xing Wo Mei You

规则是用来让人容易决定一些事情的对错和费用的，可是我常常想，这个规则真的好吗？有时候，真的太让人伤脑筋了！我们常说，每个人都有不同的个性，所以不应该去限制人心中想的，应该是什么，或不应该是什么。

这个年代，这个世界，自由让人激发出更多的空间，而不论是想象的或实际上去做的方法，反正把每一件事好好地完成，做出一个好好的成绩，不就是我们每个人想要追求的吗？

我非常感谢我的家人，让我从小就可以学音乐。从认识黑键和白键开始，我弹过各种不同的练习曲，肖邦、贝多芬、巴赫……我与先生们都做了很长一段时间的朋友。当然，到现在我们都还在继续交往中，可是我并没有按照一些学习音乐的人设下的规则去做。比如说参加比赛，是为了钻研古典音乐的深度，或为了当一名成功的古典音乐家，让自己在年轻的时候定下一个伟大的目标，然后生存下去。其实，我要说的是：很高兴，我没有！

我最喜欢打篮球，那是一项有机会让人成功的运动。我却也没想当过一名成功的篮球明星，让自己去拼命地运动，然后好好地锻炼，努力练习，努力地去专门训练自己。我要说：很高兴，我没有！

到目前为止，我还是继续与音乐做朋友，我也还在跟篮球做朋友，而且我觉得我们都还是不错的朋友——最重要的是我们非常自由，非常轻松，非常开心地交朋友！因为我们都很自由，在我们的空间里面，反而出现更多的可能，这些可能到目前为止都还在延续。

我因为打篮球，认识了许多朋友，也让自己的身体很健康。我还学到了许多技巧，在每一次打篮球的过程中，都有一些新的快乐涌现。因为学习了音乐，现在的我，虽然不是一个世界级的音乐家，可我创作了一些让自己快乐、可能也带给别人快乐的音乐，用我自己最喜欢的方法，使我与音乐之间产生更多、更大、更加亲密的关系。

一个人能做出一万种姿势，每个人的人生都有无限种可能，姿势的改变其实是你潜能最大限度的开发。我就是这样过自己的生活。人都有权利，我们都可以在规则中学习一些基本的生活方式或是基本的生命准则，我们都能在生命的规则中找到一些让自己好好过的方法，最重要的是我们都必须知道自己是谁，自己有多大的能量，自己有什么样的需要，然后去创造出最适合自己、能够让自己快乐的方法。

所以，到目前为止，我最幸运的是，没有人强迫我去选择固定规则中的一些固定答案，我走的路没有答错的压力。因此，我快乐！因此，我自由！因此，我必须对世界上已有的规则和很成功的姿势说：很高兴，我没有完全遵守！

微笑是岁月的影子

拨动心弦的微笑

那天，我到火车站去接我的一个朋友。

清晨的车站广场上，稀稀拉拉的没有几个人，突然走出一个大概有三十多岁的男人，他向我跨了两步，有些犹豫地朝我喊了声"兄弟"。

起初我以为我听错了，因为我并不认识他，回头看看也没有其他人，接着那人又冲我叫了声"兄弟"，他目光看起来有些无助，也有些无奈。我说："你叫我吗？我想证实一下。"他点点头说："兄弟是这样的，我刚才下公共汽车的时候，我的钱包被人偷了，回不了家，我是想……"

我明白他的意思，我的脑海里立刻涌现出许多画面：弄残了肢体的行乞者，编造自己遭受灭顶之灾的行骗者……这样的人在大街上到处都是，不难找得到。就在刚才售票大厅的外面还有一个老婆婆趴在地上，摇动着饭盒正向人们要钱呢！

我该怎么办？这是一个好人，还是一个骗子？是一走了之，还是施救于他？那人低着头等待着我的回答，就在这时候，一个六七岁的小女孩跑过来对我说："叔叔……真的，我爸爸的钱包真丢了，叔叔你要是不信，要不我给你唱首歌吧！"说完她朝我微微一笑，便开始唱起来了"小呀么小二郎。背上书包上学堂……"

这个小女孩一直是面带笑容地在唱歌，那纯净而甜美的笑容像一股清泉，一下子流到我的心里。

那个男人一见小女孩跑过来，扯开嗓门冲小女孩喊了一声："让你在一边等着，谁让你过来的！"小女孩被父亲的喊声吓坏了，紧紧地站在我的身后一动不动。

这会不会是父女俩联合起来导演的一出戏呢？我的脑海里顿时冒出这样的念头，但一想到刚才小女孩那纯净的笑容，他们怎么会是骗子呢？我还暗暗骂了自己一句，随后便说了一句："你别骂孩子了，你需要多少钱？"

"我……我需要，我需要150元。"那个男人不知道是激动还是难以启齿，总之吞吞吐吐半天才说出了这个数字。我把钱递给他的时候，他问我要地址，说将来还我钱，我摆摆手，俯下身子，拍了拍小女孩的脸蛋说了一句"小家伙，真可爱"，便起身走了。

在站台上，我等到了我要等的火车，也接到了我该接的人。然后我们顺着站台往回走，刚快走出站台的时候，突然听到从火车的车窗里传出几声沉闷的敲击声，我抬头一看，原来是他们父女俩，正咧着嘴，一边朝我招手，一边朝我微笑。啊！他们不是骗子。是啊！这个世界上原本就没有那么多的骗子。

那一刻我为什么会突然坚决地把钱拿出来帮助那个男人呢？现在想起来原因只有一条，就是小女孩那纯净天使般的笑容，突然拨动了我心弦吧！

微笑，是不是上帝赋予全人类的共同语言呢？你看，这甜美的语言，像一只温柔的手一下子就触到了人性最柔软的地方。我想说的是，不仅是小女孩，当我们也试着用微笑对别人的时候，会不会一下子拨动整个世界友善的和弦。

微笑是岁月的影子

可爱的女人，你什么时候最美

当我向陈冲问这个问题时，她眯着眼睛想了一会儿。我想作为演员，她美的时候太多了：《小花》里的纯真，《末代皇帝》里的娇柔，奥斯卡颁奖礼上的华贵，守着两个女儿的满足……

但她似乎还没找到。"可能是那么一个时刻，"她悠悠地回忆着，"那是我上大学的时候，有一次坐公共汽车回家去看妈妈。我拉着吊环心里有点急切，不经意之间在车窗里看到了自己的脸。那时候，嗯，觉得自己原来还是挺好看的。"我想，那一眼陈冲看到的是自己的本色，一种没有修饰，却让一切都有可能的本色。

同样的问题，几乎每一位上我节目的女嘉宾都会回答。有人说是第一次穿上妈妈缝制的礼服，有人说是第一次听到腹中胎儿的心跳，还有人说是男朋友第一次深情地注视自己……但是你知道吗？妈妈缝制的礼服往往不是最时尚的，孕妇往往连妆都不化，男友第一次注视的时候，我们往往还在咀嚼刚刚进嘴的煎饼果子……

原来我们最美的时刻与平日里费尽心力所做的种种有关"美"的努力没有直接的关系！那些努力可以成就我们的肤色、身材、品位，却总是在接近终极美丽的一刻，如强弩之末般地无声坠落，离靶心只有一毫米。

让我来尝试解释一下：美丽的极致是忘却自己的一刻。这时的你不仅是最自然的，因为不必取悦任何人；也是最独特的，因为没有任何人可以与你相比较。这是只属于你的内心体验，是摆脱了任何高矮胖瘦的尺度，而发自生命本源的炫目光环。

如果你把同样的问题摆到我面前，我可能会告诉你这样一个场景：阳光卫视开播的当天，我带着七个月的身孕站在庆典酒会的门口，欢迎前来祝贺的数百位嘉宾和朋友。记得那天我穿了一件粉红色的中式上装，上面有半透明的梅花形珠绣，配着St. John（尊贵的美国时装品牌）的同色长裙。衣服是松腰身的，既合体又舒适。不夸张地说，我感到自己时时沐浴在幸福中：个人理想的实现，挚友亲朋的厚爱，更重要的还有牵着手的老公和即将出生的孩子。

那天几乎所有的人都对我说："你是我看到的最美的孕妇。"我也毫不谦虚，将这些赞美照单全收。不论那以后的道路有多么艰难，我曾经拥有了这样的时刻，已经很知足了。我认为那是我迄今为止最美的一天。

微笑是岁月的影子

不时尚，更自由

Bu Shi Shang Geng Zi You

刘嘉玲在曼谷机场，吴君如在北京机场，莫文蔚在香港机场，维多利亚·贝克汉姆在纽约机场，她们像开过统一着装会般，戴着酒瓶底的圆形太阳镜，黑到极点，像盲人的功能眼镜。老人家说，真不明白这有什么好看，其实我也不明白有什么好看，但我明白，今夏，倘若你的太阳镜是黑色以外的颜色，恐怕只能把它藏在抽屉底层，等着太阳镜的时尚潮流重新轮回到茶色、绿色或粉红。

时尚的轮回已经不需要十年，在商人对财富最大化追求的贪欲之下，时尚变幻的脚步被人为加速。今年，你可以穿着铅笔裤扮潮人，明年却可能需要将裤腿扩大再扩大，至少要三条铅笔裤加起来那么大。

许多时候，潮流的东西实在不好看，然而因为时尚便是权威，人们便如看到皇帝的新衣一样，唯一的选择是言不由衷地赞叹。

朋友J去美国云游半月，回来后陷于无边的绝望。她说为什么中国满街都是穿得像去赴宴的女子。她们无所事事地在街上闲逛，难道就是为了给同类施加压力吗？为什么为什么为什么，女人何苦为难女人？

几日后再见J，穿了一套老旧的土布衣服，头发用白皮筋很随便地系在脑后。惊讶曾经的时尚潮人究竟怎么了，失恋或者开始崇尚奢侈的朴素？她说，几年前的衣服了，纯棉环保，关键是，舒服。J决定从今天起，做一个不被时尚左右的女子。

在许多发达国家，你很难从街上人们的穿着来判断他的职业、地位和身份。T恤与牛仔裤是人类统一的标签，衣服的功用是蔽体，要求是环保与舒适。

时尚本应是少数人的事情，或者说，是多数人在少数场合的事。然而，在许多爱美女士的推动下，中国的时尚成了一种无处不在的比拼。办公室里，谁穿了今季最新款很重要；商场里，戴着乌黑的太阳镜摸索前进的女子被形容为酷；女人逛街，不是因为有东西要买，而是有东西需要展示。

美女小职员穿着金色的高跟凉拖去上班，于公汽上辗转一个小时而无座位，站到单位，腿都肿了。然而这不妨碍她明天依然穿这双新买的、新款的、不抓紧时间可能很快过时的高跟鞋，站在拥挤的公汽上。赶时髦的熟女在昂贵的真丝碎花连衣裙上系一条十公分宽的黑色皮腰带，奥黛丽·赫本般的小蛮腰随风飘荡，是为潮流复古。她们如今已经瞧不起在连衣裙下面穿黑色七分裤的淑女了，却忘了仅仅在去年，自己也曾经狂热到在每条裙子下面必穿七分裤。"穿七分裤多热啊。"她扭动着小蛮腰说，回家洗澡时，却看到腰间被皮带系了一天的那一圈，都长痱子了。

姑娘像患了时尚病，在街上的回头率关系到她们一天的心情。倘若有同事说，你这条裙子过时了，她会沮丧一整天。用有限的工资追逐无限的时尚需要无比精明，把这种精明用在工作中，估计早进福布斯富豪榜了。

香奈儿时代，时尚代表独立与优雅；迪奥时代，时尚代表女性意识的觉醒；薇薇安时代，时尚代表叛逆。如今，品牌犹在，内涵却早已缺失。女人们追逐时尚，不是因为它适合自己的气质，而只是因为大家都是如此。

攀比与虚荣点燃每一季的时尚大餐序幕。女人虚荣不是罪，然而看着衣橱里满满的衣服，却不知道穿哪一件去上班时，你是否也会感

微笑是岁月的影子

觉劳累与懊恼？时尚，这一阴晴不定的吸金狂人的嘴脸，已经如此令人厌倦。在无数次相似的懊恼过后，终会有人因厌倦而放弃。比如我的朋友J，比如上海那个叫桃之夭夭的时尚小魔女，当她穿着普通的纯白棉T恤走在通往瑜伽馆的路上，冷眼旁观当年的自己，说，那样可能很绚丽，却不是真的生活。还有香港那个叫施南生的才女数十年不变的是白衬衣和黑长裤，那个叫安妮宝贝的小女子永远穿着显旧的棉布衣。

太多人需要用华衣来掩饰自卑，仿佛脱下华衣的她们什么都不是。而真正的时尚，不是商品本身，而是穿着与使用它的人，将自己的自信传递给了衣服与饰品，它们由此显得强大，不容小觑。

自信就是时尚，随意也很从容。我们不是明星，没必要在拿着几千月薪的情况下，像明星一样累自己。倘若没有人赞叹"你好时尚哦"，恭喜，因为你更接近于脱俗与自由。

生命如屋

Sheng Ming Ru Wu

生命中的每一天究竟该怎样度过？听到两种截然相反的说法。一种说法认为：将生命中的每一天当做生命的第一天去过，带着最初看到这世界的新鲜与惊喜，让充满好奇的眼睛在寻常的天地间读出大美，让心在与万物的美好交流中感到无比的欣喜与满足；另一种说法却是：将生命中的每一天当做生命的最后一天去过，带着即将辞世的留恋与珍惜，及时兑现梦想，及时将生命中的"不如意"改成"大如意"，宽宥他人，感谢命运，在夕照里掬一捧纯粹的金色，镀亮心情。

我同样地喜爱这两种说法。我愿意让自己热爱世界的心永葆"第一天"的新奇和敏感，也愿意让自己珍惜世界的心永远怀有"最后一天"的警醒和勇毅。

很久了，我一直不能忘记那个叫乔治的人。这个不幸的设计师被命运亏待、作弄——妻子离他而去，儿子被判给妻子后，沉溺于毒品不能自拔，并且和乔治疏远。乔治对自己做了20年的工作也极不满意，终于在气急之下和上司大吵一架，愤然辞职，冲出了办公室。这个乔治已经够倒霉了，但是，更倒霉的事情又出现了——他被告知得了癌症，仅剩下几个月的生命了。

潦倒的乔治，就像父亲留给他的那幢建在海边的破旧不堪、摇摇

微笑是岁月的影子

欲坠的旧房子。濒临死亡的生命，濒临倒塌的房屋，乔治的世界凄惨到了极点。但是，命运一次次地棒喝却将他打醒了，他下决心改变自己似乎再也难以改变的生活。

倒计时的生命之钟在耳畔滴答作响。

乔治要在这人生的最后几个月里重活一回。

他决定将海边那幢破旧的房子按照自己多年来梦想的样子重新修葺。似乎直到这时，徒然浪费了几十载宝贵生命的乔治才恍然明了，自己这个建筑师原是可以为自己建造一幢美丽房舍的！而他的愿望，远远不止这些。他隐瞒了自己的病情，邀请儿子暑假和自己一道修建房屋，而终日无所事事的妻子开始主动给这父子俩送饭，慢慢地，竟也加入了他们的行列。

海风吹拂，阳光强烈。父子俩在劳动中重建亲情，夫妻俩也在劳动中鸳梦重温。儿子也摆脱了毒品的困扰，并得到了甜蜜的爱情。妻子对乔治有了全新的认识。房子建起来的时候，爱也成长起来……

这是美国电影《生命如屋》中的情节。这部影片，以"爱的重建"与"屋的重建"，给人以生命"第一天"和"最后一天"的强烈震撼和深刻启迪。不幸而又万幸的乔治，将人生之悟砌进了墙里。我相信，即使他命赴九泉，也会含笑忆及自己生命尾声中重获的那一次"浓缩版"的、有价值的生命——爱的体验，情的升华，咀嚼人生况味的晨昏，房屋矗立时强烈的成就感……

生命总在不觉中流

微笑是岁月的影子

逝，日子被日渐麻木的人过得旧了、更旧了。"第一天"和"最后一天"的提醒，其实是善爱者为自己和他人出的一道人生思考题。在这道思考题面前，愿倦怠麻痹或紧张忙碌的你能有片刻沉吟。问问自己，在激情燃烧过后，是否曾守着灰烬恹恹度日？在人生谢幕之前，是否曾锁着眉头打发时光？在"第一天"和"最后一天"之间，岁月那么漫长，漫长得让人误以为凋零只是远方别人的事。你愿不愿意同乔治一起醒来？像诗人一样活着，像农夫一样劳作，赞美阳光，享受生命……

生命如屋，值得我们带上所有的热情与智慧去悉心建造。